大字
清晰版

看圖表學日語文法

直排圖表分類搭配例句，清晰易學！

李復文／著

適用
初・中級

笛藤出版

前言

為了讓初學者輕鬆的學習日語，本書以直排圖表的方式將初學必備的文法整理出來，並以重點色標出每節學習重點，清楚劃分的表格、搭配生活化的例句，讓學習者一看就懂、迅速記憶。

要學好語言，必須先打好文法基礎，但是許多人一聽到文法就心存畏懼、抗拒學習，其實文法只要經過有系統的整理，學起來就會事半功倍，並且打下堅實的日文基礎。

很多研究中都提到，大腦對於圖表或經整理過的資訊記憶最深刻，因此本書特別以圖表的方式將重點文法整理出來，讓讀者一看就懂。由於本書是針對初學日語的學習者所編寫的，目的是要打好日語基礎，所以一些比較複雜、不常出現的文法就不列入解說範圍。日語最特別的地方是它的動詞、形容詞、助動詞等都會產生變化，這點和中文截然不同，所以習慣使用中文的我們如果沒有掌握好這點，便很難繼續學好日語。

書中除了把各個詞類的用法以圖表加上例句的方式呈現，亦特別將日語動詞語尾變化規則收錄在附錄中，強化初學日語必備的文法概念。攜帶版大小方便隨身翻閱查找，在經常翻閱的過程中，系統式地吸收文法，擺脫死背硬記一串解說文字，再自行摸索理解的痛苦模式，只要換個學習方式，你也可以輕鬆精通基礎日語文法！

本書大範圍地將「文法」定義，有助釐清學習者的概念，是日語文法入門的最佳選擇，如果您想更深入研讀，可參考本社其他日語文法系列叢書，再更深入研究每種詞類的特性與用法，增強學習的深度。

目次

第三章　動詞　31

第四章　形容詞、形容動詞　55

第十章　終助詞 151

第一章

詞類

1 十大品詞

● **十大品詞**：日語依意義、形態、功能的觀點來看，可分爲下列十種，我們稱爲十大品詞。

名詞	猫《ねこ》／貓　弟《おとうと》／弟弟　テレビ／電視　山《やま》／山　去年《きょねん》／去年 例句： ・雨《あめ》が降《ふ》る。／下雨。　・私《わたし》は東京《とうきょう》に住《す》んでいる。／我住在東京。 ・山《やま》より高《たか》い。／比山高。　・これは鉛筆《えんぴつ》だ。／這是鉛筆。
動詞	飛《と》ぶ／飛　買《か》う／買　教《おし》える／教　来《く》る／來　ある／有 例句： ・雨《あめ》が降《ふ》る。／下雨。　・花《はな》が咲《さ》く。／花開。 ・七時《しちじ》に起《お》きる。／七點起床。　・手紙《てがみ》を書《か》く。／寫信。

● **註**：體言：名詞。
用言：動詞、形容詞、形容動詞。

形容詞	形容動詞	副詞
多《おお》い／多的 高《たか》い／高的 速《はや》い／快的 寂《さび》しい／寂寞	静《しず》かだ／安靜 綺麗《きれい》だ／漂亮 好《す》きだ／喜歡 同《おな》じだ／相同	にっこりと／微微地 さっそく／馬上 ずいぶん／相當 ゆっくり／慢慢地 けっして／絕對
例句： ・花《はな》は美《うつく》しい。／花很漂亮。 ・白《しろ》い雲《くも》が飛《と》ぶ。／白雲飄動。 ・ガンは恐《おそ》ろしい病気《びょうき》だ。／癌症是可怕的疾病。	例句： ・彼《かれ》は素直《すなお》だ。／他很老實。 ・スポーツが大好《だいす》きだ。／很喜歡運動。 ・気分《きぶん》が爽《さわ》やかだ。／心情舒暢。 ・ここは静《しず》かだ。／這裡很安靜。	例句： ・彼《かれ》はにっこりと笑《わら》った。／他微微地笑著。 ・この問題《もんだい》はごく易《やさ》しい。／這個問題很簡單。

連體詞	こんな／這樣的　あらゆる／所有的　大《おお》きな／大的　ある／某 どの／哪個　いろんな／很多的 例句： • この本《ほん》は面白《おもしろ》い。／這本書很有趣。　• 大《おお》きな声《こえ》で歌《うた》う。／大聲唱歌。 • あらゆる困難《こんなん》と戦《たたか》う。／挑戰所有的困難。
接續詞	あるいは／或　および／及　また／又　つまり／換言之 ですから／所以　しかし／但是　それで／因此 例句： • 蜜柑《みかん》にしますか、それともリンゴにしますか。／要橘子還是蘋果？ • 小学生《しょうがくせい》および中学生《ちゅうがくせい》の入場料《にゅうじょうりょう》は百円《ひゃくえん》です。／小學生及中學生的門票是一百元。
感歎詞	あっ／哎呀　はい／是的　いいえ／不　うん／嗯 さあ／這個嘛　もしもし／喂、喂　ええと／啊；嗯

	助動詞	助詞
例句： ・ああ、困《こま》った。／啊，眞傷腦筋！ ・はい、分《わ》かりました。／是的，知道了。	た／過、曾經　そうだ／據說　だ／是、就　れる／被、受 ない／沒有　らしい／似乎、好像 例句： ・昨日《きのう》雨《あめ》が降《ふ》った。／昨天下雨了。 ・新聞《しんぶん》さえ読《よ》まない。／連報紙都沒看。	が　に　の　を　へ　と　より　から で　まで　や　ばかり　さえ　でも 例句： ・五時《ごじ》に家《いえ》を出《で》る。／五點離開家。 ・病気《びょうき》で欠席《けっせき》する。／因病缺席。 ・君《きみ》も行《い》くのか。／你也去嗎？ ・紙《かみ》と鉛筆《えんぴつ》。／紙和鉛筆。

2 品詞分類

（活用：指有語尾變化。）

自立語／附屬語	類別	品詞	活用	語尾
自立語	用言	動詞	有活用，可做述語	語尾的最後一個字都在う段上
自立語	用言	形容詞	有活用，可做述語	語尾的最後一個字都是い
自立語	用言	形容動詞	有活用，可做述語	語尾的最後一個字都是だ
自立語	體言	名詞	沒有活用，可做主語	
自立語	體言	代名詞	沒有活用，可做主語	
自立語	體言	形式名詞	沒有活用，可做主語	
自立語	體言	數詞	沒有活用，可做主語	
自立語	副詞		不能做主語，用來修飾用言	
自立語	連體詞		不能做主語，用來修飾體言	
自立語	接續詞		不能做主語，當修飾語跟述語	
自立語	感歎詞		不能做主語，當修飾語跟述語	
附屬語	助動詞		有活用	
附屬語	助詞		沒有活用	

第二章

名詞

1 名詞

● **何謂名詞：**表示人或事物名稱的詞叫名詞。

● **名詞的特點：**①沒有活用。②沒有陰性陽性、單數複數變化。③可做主語。④體言（名詞）。

● **名詞的功用：**

1做主語——雨《あめ》が降《ふ》る。／下雨。　鳥《とり》が鳴《な》く。／鳥啼。

2做補語——犬《いぬ》が肉《にく》を食《た》べる。／狗吃肉。

田中《たなか》さんが由紀子《ゆきこ》さんに鉛筆《えんぴつ》を渡《わた》した。／田中把鉛筆遞給了由紀子。

3做修飾語——庭《にわ》で遊《あそ》ぶ。／在院子裡玩。

バスで会社《かいしゃ》に通《かよ》っている。／搭公車上班。

4做述語——これは机《つくえ》だ。／這是桌子。

ここが会場《かいじょう》です。／這裡是會場。

●名詞的種類

普通名詞	通用於同一種類的事物者稱爲普通名詞。	犬《いぬ》／狗　魚《さかな》／魚　紙《かみ》／紙　冬《ふゆ》／冬天
固有名詞	限用於某一事物，如地名、人名、書名、山名、河名等的稱爲固有名詞。	京都《きょうと》／京都　富士山《ふじさん》／富士山　太平洋《たいへいよう》／太平洋 源氏物語《げんじものがたり》／源氏物語　江戸川《えどがわ》／江戸川
漢語名詞	由我國傳入或利用漢字的形、音等創造的詞稱爲漢語名詞。	科学《かがく》／科學　社会《しゃかい》／社會　使用《しよう》／使用
外來語	從外國傳入的詞叫外來語。按原詞讀音，以片假名書寫。	ラジオ／收音機　テレビ／電視　ペン／筆　タバコ／香煙
數詞	表示事物的數量或順序、等級的詞稱爲數詞。	一人《ひとり》／一個人　二個《にこ》／二個　三時《さんじ》／三點　四日《よっか》／四天 第五《だいご》／第五　いくら／多少錢　何番目《なんばんめ》／第幾個

2 代名詞

● **何謂代名詞：**代替「名詞」的詞。

● **代名詞的種類：**人稱代名詞、指示代名詞。

● **人稱代名詞**

	第一人稱（自稱）	第二人稱（對稱）	第三人稱（他稱）			不定稱
尊稱	私《わたくし》／我	あなたさま／你	この方《かた》／這位	その方《かた》／那位	あの方《かた》／那位	どの方《かた》 どなたさま／哪位
等稱	私《わたし》／我	あなた／你	この人《ひと》／這位	その人《ひと》／那個人	あのひと／那個人	どの人《ひと》 どなた／哪位
單數	私《わたし》／我	あなた／你	彼《かれ》／他	彼女《かのじょ》／她		だれ／哪個人
複數	わたしたち／我們	あなたがた／你們	彼《かれ》ら／他們	彼女《かのじょ》たち／她們		

● 指示代名詞

	指示事物	指示場所	指示方向
近稱	これ／這個	ここ／這兒	こちら、こっち／這邊
中稱	それ／那個	そこ／那兒	そちら、そっち／那邊
遠稱	あれ／那個	あそこ／那兒	あちら、あっち／那邊
不定稱	どれ／那個	どこ／那兒	どちら、どっち／那邊

＊自稱：指說話者本身，也就是第一人稱。

● 私《わたし》は学生《がくせい》です。／我是學生。

＊對稱：指跟自己說話的人，也就是第二人稱。

● あなたは行《い》きますか。／你去不去？

＊他稱：指說話者跟聽者以外的人，也就是第三人稱。

● 彼《かれ》は佐藤《さとう》さんですか。／他是佐藤嗎？

＊不定稱：指對象不明確，也就是不一定或不知道的人。

・この方《かた》はどなたですか。／這位是誰？

＊近稱：指離說話者較近的事物或人。

・これはあなたの鉛筆《えんぴつ》ですか。／這是你的鉛筆嗎？

＊中稱：指離聽話者較近的事物或人。

・それは私《わたし》のです。／那是我的。

＊遠稱：指離聽話者及說話者都遠的事物或人。

・あれは佐藤《さとう》さんのです。／那邊的是佐籐先生的。

● 代名詞的用法：

1 用來代替一個詞、詞組、一句話或一段文章，使語句簡練，避免語言上的重複。

・ここにサインしてください。／請在這裡簽名。

ここ是代名詞，它所指的可能是紙、簽名簿等。

2 人稱代名詞有尊敬和傲慢的語氣，使用時要注要對象、場合。

尊敬語氣——あなたは行《い》きますか。／你去不去？

傲慢語氣——お前《まえ》が行《い》け。／你去！

3人稱代名詞和指示代名詞有近、中、遠、不定稱等用法。

•これはなんですか。／這是什麼？——近稱

•それは鉛筆《えんぴつ》です。／那是鉛筆——遠稱

＊相同的一件事或一件東西，會因為說話者跟聽話者的立場不同而使用不同的代名詞，上面的これ跟それ就是很好的例子。

＊代名詞的用法和名詞的用法相同，可做主語、補語、修飾語用。

● **注意事項：**

＊稱呼自己的時候不管長輩、同輩、晚輩，一律用わたし就不會失禮。

3 形式名詞

● **何謂形式名詞：**

具有名詞的形式與功能，但本身沒有實質的意義，必須借連體修飾語才能當主語或述語用。

主要的形式名詞有こと、もの、とき、ところ、ため、はず、の、など等。

● **形式名詞的接續：**

＊形式名詞通常是接在活用詞（動詞、形容詞、形容動詞）或一個句子後面，使上面的詞或句子具有體言性質。

● **幾個主要形式名詞的用法：**

こと	活用語連體形＋こと，通常是指前面用言的內容或句子的內容。 •字《じ》を書《か》くことがうまい。／字寫得很棒——指寫字這件事。
もの	もの的上面接活用語連體形或體言＋の＋もの，指人、物或事。 •ガンは怖《こわ》いものです。／癌症是很可怕的——指癌這件事。
の	の的上面接活用語連體形，指人、事或物，有時可以用もの或こと代替。 •月日《つきひ》のたつのは速《はや》いものだ。／時間過得很快——指速度。
ところ	ところ的上面接活用連體形，指事物的處所、範圍或行爲發生的時間。 •ぼんやり立《た》っているところを写真《しゃしん》に撮《と》られた。隨便站著的時候被偷拍——指時間。

4 數詞

●數詞：表示事物的數量或順序、等級的詞叫數詞。

●數詞的種類：

1基數詞——用來計數的詞。

一《いち》、二《に》、三《さん》、四《し》……等。

一個《いっこ》、二本《にほん》、三枚《さんまい》、四冊《よんさつ》、五組《ごくみ》……等。

一人《ひとり》、二人《ふたり》、三才《さんさい》……等。

一月《いちがつ》、二日《ふつか》、三月《さんがつ》、四週《よんしゅう》、五時間《ごじかん》……等。

一円《いちえん》、二《に》センチ、三《さん》グラム……等。

2序數詞——表示事物順位的詞。

第一《だいいち》、二番《にばん》、三番目《さんばんめ》、四回目《よんかいめ》、五等《ごとう》……等。

●**注意事項：**

＊日語的數字唸法比較麻煩，**尤其是四**、七、九在唸法上要特別注意。

＊一百、一千、一萬等的一通常省去不唸。

＊基數詞和某些數字結合時，一、三、六、八、十、百往往會發生音便。

第三章

動詞

● **何謂動詞：**表示人、事、物的行爲、動作或存在的詞叫動詞。

● **動詞的特點：**①有活用。②可做述語。

● **動詞的功用：**

1做述語──母《はは》が弟《おとうと》を叱《しか》る。／媽媽責罵弟弟。

2做修飾語──私《わたし》は泣《な》く子《こ》が嫌《きら》い。／我討厭愛哭的小孩。

3做主語──負《ま》けるが勝《か》ち。／以退為進。

● **動詞的種類：**

動詞按其形態及變化規則，又分爲五段動詞、上一段動詞、下一段動詞、カ行變格動詞、サ行變格動詞。

1　五段動詞

●何謂五段動詞：五段動詞又稱為第一類動詞。這種動詞的基本型語尾都以「u」音結尾，如「う u」、「く ku」、「す su」、「つ tsu」、「ぬ nu」、「ふ fu」、「む mu」、「ゆ yu」、「る ru」的音。

●常用的五段動詞：

会《あ》う／見面
上《あ》がる／往上
ある／有、在
開《あ》く／開

歩《ある》く／走路、步行
遊《あそ》ぶ／遊玩
洗《あら》う／洗
言《い》う／說

行《い》く／去
急《いそ》ぐ／急、著急
打《う》つ／打
泳《およ》ぐ／游泳

押《お》す／按、押
怒《おこ》る／生氣
思《おも》う／想
送《おく》る／送

貸《か》す／借給、借出
書《か》く／寫
買《か》う／買
帰《かえ》る／回去

乾《かわ》く／乾、渴
返《かえ》す／歸還、送回
聞《き》く／聽
切《き》る／切

困《こま》る／為難、困擾
探《さが》す／尋找
死《し》ぬ／死
叱《しか》る／叱責

知《し》る／知道
出《だ》す／拿出
作《つく》る／作
通《とお》る／通過
直《なお》る／修正、改正
登《のぼ》る／登上
走《はし》る／跑
吹《ふ》く／吹
呼《よ》ぶ／叫

住《す》む／住
違《ちが》う／錯了
続《つづ》く／繼續
止《と》まる／停止
習《なら》う／學習
入《はい》る／進入
待《ま》つ／等
休《やす》む／休息
分《わ》かる／明白、知道

吸《す》う／吸
使《つか》う／使用
包《つつ》む／包
なる／成爲
乗《の》る／搭乘
話《はな》す／說話
持《も》つ／拿
やる／做

頼《たの》む／拜託、請求
着《つ》く／到達
取《と》る／拿
泣《な》く／哭泣
飲《の》む／喝、飲
払《はら》う／付
降《ふ》る／降、下
読《よ》む／讀

●五段動詞變化表

基本形	語幹	未然形	連用形	終止形	連體形	假定形	命令形
読《よ》む	読《よ》	読《よ》ま 読《よ》も	読《よ》み 読《よ》ん	読《よ》む	読《よ》む	読《よ》め	読《よ》め
書《か》く	書《か》	書《か》か 書《か》こ	書《か》き 書《か》い	書《か》く	書《か》く	書《か》け	書《か》け

● **五段活用動詞的用法：**

活用形	用法
未然形	**※未然形＋ない，表示否定，中文意思是不、沒有。** ・私《わたし》は書《か》かない。／我不寫；我沒寫。（書《か》く） **※未然形＋う，表示意志或推量，中文意思是「吧」。** ・字《じ》を書《か》こう。／寫字吧！（書《か》く） **※未然形＋せる、れる表示被動、可能、自發、使役，中文意思是能、讓、被。** ・妹《いもうと》を泣《な》かせる。／把妹妹弄哭。（泣《な》く） ・駅《えき》まで五分《ごふん》もあれば行《い》かれる。／五分鐘就可以到車站。（行《い》く）
連用形	**※連用形＋用言，構成連用法。** ・書《か》きやすいボールペン。／好寫的原子筆。（書《か》く） **※連用形＋逗點，表示句子暫時停頓。** ・西瓜《すいか》も買《か》い、梨《なし》も買《か》います。／既買西瓜，也買梨子。（買《か》う） **※連用形＋接續助詞或助動詞**

連用形	・おなかの痛《いた》みが止《と》まった。／肚子不痛了。　（止《と》まる） ・計算機《けいさんき》を使《つか》って答《こた》えを出《だ》す。／用計算機做答。　（使《つか》う） ・一《いっ》ヶ月《げつ》に二《に》、三冊《さんさつ》雑誌《ざっし》を読《よ》みます。／一個月看二～三本雜誌。　（読《よ》む）
終止形	**※終止形＋句點，表示句子終了。** ・デパートへ買《か》い物《もの》に行《い》く。／去百貨公司購物。　（行《い》く） **※終止形＋接續助詞が、けど、から、と……等，構成接續式。** ・山《やま》に雪《ゆき》が降《ふ》ると寒《さむ》くなる。／山上一下雪，天就變冷了。　（降《ふ》る） ・鯨《くじら》は海《うみ》に住《す》むが、魚《さかな》ではない。／鯨魚住在海裡，但它不是魚。　（住《す》む） **※終止形＋そうだ、だろう、らしい……等傳聞或推量助動詞。** ・春山君《はるやまくん》も東京《とうきょう》に行《い》くそうだ。／據說春山君也要去東京。　（行《い》く） ・彼《かれ》は明日《あした》東京《とうきょう》に行《い》くらしい。／他明天好像要去東京。　（行《い》く） **※終止形＋終助詞。** ・そんな本《ほん》は読《よ》むな。／別讀那種書。　（読《よ》む）

連體形	**※連體形＋體言或形式名詞，做連體修飾語用。** • 佐藤《さとう》さんは走《はし》るのが速《はや》いです。／佐藤跑得快。（走《はし》る） • 雑誌《ざっし》を読《よ》む人《ひと》もいます。／也有人看雜誌。（読《よ》む） **※連體形＋助詞ので、のに、だけ、ほど……等。** • 早《はや》く来《こ》いと言《い》うのに未《ま》だ来《こ》ない。／明明叫他早點來卻還沒到。（言《い》う） • 見《み》るだけならかまわない。／如果只是看的話沒關係。（見《み》る）
假定形	**※假定形＋ば，表示假定，中文意思是如果……就。** • 明日《あした》雨《あめ》が降《ふ》れば、遠足《えんそく》は中止《ちゅうし》します。／明天如果下雨，遠足就取消。（降《ふ》る） • 車《くるま》で行《い》けば、十五分《じゅうごふん》もかかりはしない。／如果坐車去，花不到十五分鐘。（行《い》く）
命令形	**※命令形＋句點或ろ、よ，用來表示命令。** • 早《はや》く話《はな》せ。／快點說！（話《はな》す）

2 上一段動詞

● **何謂上一段動詞：**上一段動詞屬於第二類動詞，基本形語尾以「る」結尾，「る」前面的音都是在「い」段的「i」音，如「い i」、「き ki」、「し shi」、「ち chi」、「に ni」、「ひ hi」、「み mi」、「り ri」。

● **常用的上一段動詞：**

飽《あ》きる／厭膩　生《い》きる／活、有生氣　いる／有、在、居住　帯《お》びる／佩戴

降《お》りる／下、下來　起《お》きる／起來　落《お》ちる／落下、降落　感《かん》じる／感、感覺

着《き》る／穿　試《こころ》みる／嘗試　信《しん》じる／相信　過《す》ぎる／過、經過、通過

足《た》りる／足、夠　通《つう》じる／通、理解　閉《と》じる／關閉　満《み》ちる／滿、充滿

出来《でき》る／能、可以　似《に》る／相似　延《の》びる／延長、伸長　用《もち》いる／用、使用

● **上一段動詞變化表**

基本形	語幹	未然形	連用形	終止形	連體形	假定形	命令形
起《お》きる	起《お》	起《お》き	起《お》き	起《お》きる	起《お》きる	起《お》きれ	起《お》きろ 起《お》きよ
居《い》る	○	居《い》	居《い》	居《い》る	居《い》る	居《い》れ	居《い》ろ 居《い》よ

●上一段動詞的用法：

未然形	連用形
※未然形＋よう，表示意志或推量，中文意思是……吧！ •寒《さむ》いから、コートを着《き》よう。／天冷，穿上大衣吧！（着《き》る） ※未然形＋ない，表示否定，中文意思是不，沒有。 •私《わたし》にはまだ出来《でき》ない。／我還不會；我還沒做好。（出来《でき》る） ※未然形＋させる、られる，表示使役、被動、可能，中文意思是能，讓，叫。 •コートを着《き》させる。／讓他穿大衣。（着《き》る）	※連用形＋用言或助詞。 •林《はやし》さんも出来《でき》ます。／林先生也會。（出来《でき》る） •寒《さむ》いので、セーターを着《き》ている。／因爲天冷，所以穿上大衣。（着《き》る） ※連用形＋逗點，表示句子暫停。 •上着《うわぎ》を着《き》て、出掛《でか》ける。／穿上大衣後出門去。（着《き》る）

終止形	**※終止形＋句點，表示句子終了。** ・汚《きたな》い上着《うわぎ》を着《き》る。／穿著骯髒的上衣。（着《き》る） **※終止形＋と、から、けど……等助詞。** ・きっと出来《でき》るから、安心《あんしん》してください。／一定辦得到，請放心。（出来《でき》る）
連體形	**※連體形＋體言或形式名詞，做連體修飾語用。** ・高価《こうか》なものを着《き》る必要《ひつよう》はないんです。／不需要穿昂貴的衣服。（着《き》る） **※連體形＋ので、のに……等助詞。** ・毎朝《まいあさ》、早《はや》く起《お》きるので、体《からだ》が丈夫《じょうぶ》です。／因爲每天早起，所以身體很好。（起《お》きる）
假定形	**※假定形＋ば，表示假定，中文意思是如果……就。** ・コートを着《き》れば、寒《さむ》くないでしょう。／穿上大衣就不會冷吧！（着《き》る）
命令形	**※命令形＋句點。** ・あのセーターを着《き》ろ。／去穿上那件毛衣！（着《き》る）

3 下一段動詞

●何謂下一段動詞：下一段動詞是屬於第二類動詞，這種動詞的基本型語尾都以「る」音結尾，「る」的前面一個音都是在「え」段的「e」音。如「えe」、「けke」、「せse」、「てte」、「ねne」、「へhe」、「めme」、「れre」的音。

●常用的下一段動詞：

上《あ》げる／舉起、給、增加
開《あ》ける／打開
与《あた》える／給、與
慌《あわ》てる／著慌

受《う》ける／受、收
終《お》える／作完、完結
教《おし》える／教、告訴
覚《おぼ》える／記得、記住

遅《おく》れる／遲到
考《かんが》える／想、思考
掛《か》ける／掛上、花費、蓋上
欠《か》ける／欠、不足

数《かぞ》える／數、計算
聞《きこ》える／聽得到
決《き》める／決定
比《くら》べる／比較

加《くわ》える／加、增加
答《こた》える／回答
避《さ》ける／避
調《しら》べる／調查

知《し》らせる／通知
捨《す》てる／拋棄
責《せ》める／責備
攻《せ》める／攻

添《そ》える／添、加
助《たす》ける／救、幫助
付《つ》ける／裝上、塗
届《とど》ける／送到
逃《に》げる／逃走
離《はな》れる／離開
求《もと》める／要求

育《そだ》てる／撫養
尋《たず》ねる／找尋、打聽
伝《つた》える／傳達
流《なが》れる／流、流傳
寝《ね》る／睡
経《へ》る／經過
止《や》める／停止、作罷

食《た》べる／吃
立《た》てる／立
出掛《でか》ける／出門
投《な》げる／投
述《の》べる／陳述
見《み》える／看得見
忘《わす》れる／忘記

倒《たお》れる／倒
建《た》てる／建立
出《で》る／出去
並《なら》べる／排列
始《はじ》める／開始
迎《むか》える／迎接

●下一段動詞變化表

基本形	語幹	未然形	連用形	終止形	連體形	假定形	命令形
受《う》ける	受《う》	受《う》け	受《う》け	受《う》ける	受《う》ける	受《う》けれ	受《う》けろ 受《う》けよ
寝《ね》る	○	寝《ね》	寝《ね》	寝《ね》る	寝《ね》る	寝《ね》れ	寝《ね》ろ 寝《ね》よ

●下一段動詞的用法：

未然形	**※未然形＋よう，表示意志或推量，中文意思是……吧！** ・店《みせ》を九時《くじ》に開《あ》けよう。／九點來開店吧！　（開《あ》ける） **※未然形＋ない，表示否定，中文意思是不，沒有。** ・まだ始《はじ》めない。／還沒開始。　（始《はじ》める） **※未然形＋させる、られる，表示被動、可能、使役，中文意思是被，能，讓，叫。** ・乗客《じょうきゃく》が次々《つぎつぎ》と助《たす》けられた。／乘客一個個被救出。　（助《たす》ける）
連用形	**※連用形＋用言或助詞。** ・九時《くじ》から始《はじ》めます。／九點開始。　（始《はじ》める） ・いま、太郎《たろう》に教《おし》えている。／現在正在教太郎。　（教《おし》える） **※連用形＋逗點，表示句子暫停。** ・右足《みぎあし》に傷《きず》を受《う》けて、歩《ある》けない。／因為右腳受傷，所以沒辦法走。　（受《う》ける）

終止形	**※終止形＋句點，表示終了。** •佐藤《さとう》さんに電話番号《でんわばんごう》を教《おし》える。／告訴佐藤先生電話號碼。	（教《おし》える）
	※終止形＋と、から、けど……等助詞。 •ドアを開《あ》けるとすぐ入《はい》りました。／一開門後，就馬上進去。	（開《あ》ける）
連體形	**※連體形＋體言或形式名詞，做連體修飾語用。** •調《しら》べる必要《ひつよう》がありません。／沒有必要調查。	（調《しら》べる）
	※連體形＋助詞ので、のに……等。 •夜早《よるはや》く寝《ね》るのに、朝早《あさはや》く起《お》きられない。／晚上很早睡，早上卻無法早起。	（寝《ね》る）
假定形	**※假定形＋ば，表示假定，中文意思是如果……就。** •彼《かれ》に住所《じゅうしょ》を教《おし》えれば一人《ひとり》でいけます。／告訴他地址，他就能自己去。	（教《おし》える）
命令形	**※命令形＋句點。** •早《はや》く始《はじ》めろ。／快點開始！	（始《はじ》める）

變格動詞

●何謂變格動詞：

日語中有些動詞不像五段、上一段、下一段一樣有變化的規則，這種動詞我們叫做變格動詞，又稱為第三類動詞，屬於這類動詞的有来《く》る和する。其中来《く》る因在カ行上做不規則的變化，稱為カ行變格動詞，する因在サ行做不規則的變化稱為サ行變格動詞。

4 カ行變格動詞

●カ行變格動詞變化表

基本形	語幹	未然形	連用形	終止形	連體形	假定形	命令形
来《く》る	○	来《こ》	来《き》	来《く》る	来《く》る	来《く》れ	来《こ》い

●カ行變格動詞的用法：

未然形	**※未然形＋よう，表示意志或推量，中文意思是……吧！** ・明日《あした》はまたここに来《こ》よう。／明天再來這裏吧！（来《く》る） **※未然形＋ない，表示否定，中文意思是不，沒有。** ・山川君《やまかわくん》はまだ来《こ》ない。／山川還沒來。（来《く》る） **※未然形＋させる、られる，表示被動、可能、尊敬、使役。** ・社長《しゃちょう》も来《こ》られるそうです。／據說社長也要來。（来《く》る）
連用形	**※連用形＋用言或助動詞。** ・昨日《きのう》佐藤君《さとうくん》が私《わたし》のうちに来《き》た。／昨天佐藤來我家。（来《く》る）

	・いま、お客《きゃく》さんが家《うち》に来《き》ています。／現在，有客人在我家。（来《く》る） **※連用形＋逗點，表示句子暫停。** ・今日《きょう》の座談会《ざだんかい》には先生《せんせい》も来《き》、学生《がくせい》も来《き》ます。／今天的座談會老師會來，學生也會來。（来《く》る）
終止形	**※終止形＋句點，表示句子終了。** ・山下君《やましたくん》は朝早《あさはや》く来《く》る。／山下一大早會來。（来《く》る） **※終止形＋と、から、けど……等助詞。** ・秋《あき》が来《く》ると涼《すず》しくなる。／一到秋天，天就轉涼了。（来《く》る）
連體形	**※連體形＋體言或形式名詞，做連體修飾語用。** ・来《く》るときは通知《つうち》してほしい。／來時希望你通知我。（来《く》る） **※連體形＋助詞ので、のに、など、ようだ……等。** ・皆来《みなく》るので、僕《ぼく》も来《き》た。／因爲大家都來，所以我也來了。（来《く》る）
假定形	**※假定形＋ば，表示假定，中文意思是如果……就。** ・秋山君《あきやまくん》が来《く》れば分《わ》かる。／秋山來的話就知道了。（来《く》る）
命令形	**※命令形＋句點。** ・明日《あした》は早《はや》く来《こ》い。／明天早點來！（来《く》る）

5 サ行變格動詞

●サ行變格動詞變化表

基本形	語幹	未然形	連用形	終止形	連體形	假定形	命令形
する	○	し、せ、さ	し	する	する	すれ	せよ、しろ

●常用的サ行變格動詞：

愛《あい》する／愛、好
完成《かんせい》する／完成
出発《しゅっぱつ》する／出發
紹介《しょうかい》する／介紹
する／做
世話《せわ》する／照顧
発見《はっけん》する／發現
びっくりする／吃驚
満足《まんぞく》する／満足

運動《うんどう》する／運動
関《かん》する／關於
連絡《れんらく》する／聯絡
心配《しんぱい》する／擔心
成功《せいこう》する／成功
相談《そうだん》する／商量
発表《はっぴょう》する／發表
返事《へんじ》する／回答
理解《りかい》する／理解

我慢《がまん》する／忍耐
研究《けんきゅう》する／研究
出席《しゅっせき》する／出席
進歩《しんぽ》する／進步
整理《せいり》する／整理
電話《でんわ》する／打電話
反対《はんたい》する／反對
報告《ほうこく》する／報告
旅行《りょこう》する／旅行

運転《うんてん》する／開車
サインする／簽字
準備《じゅんび》する／準備
信用《しんよう》する／信任
説明《せつめい》する／說明
到着《とうちゃく》する／抵達
パスする／錄取
訪問《ほうもん》する／拜訪
練習《れんしゅう》する／練習

●サ行變格動詞的用法：

未然形

※未然形し＋よう，表示意志或推量，中文意思是……吧！

・これから大《おお》いに勉強《べんきょう》しよう。／從現在起努力用功吧！　（する）

※未然形し＋ない，表示否定，中文意思是、，沒有。

・何《なに》もしない。／什麼也不做。　（する）

※未然形さ＋せる、れる，表示使役、被動、可能的助動詞。

・もっと彼《かれ》に勉強《べんきょう》をさせよう。／逼他再用功點。　（する）

連用形

※連用形＋用言或助動詞。

・これからもっと勉強《べんきょう》します。／從現在開始要更用功。　（する）

※連用形＋逗點，表示句子暫停。

・これから運動《うんどう》もし、勉強《べんきょう》もする。／從現在起既要運動，也要讀書。　（する）

終止形

※終止形＋句點，表示句子終了。

・明日《あした》する。／明天做。　（する）

終止形	連體形	假定形	命令形
※終止形＋が、と、から、けど……等助詞。 • 寒気《さむけ》がするが熱《ねつ》はない。／雖然感到身體發寒，但沒有發燒。 （する） **※終止形＋そう、らしい、だろう……等助詞。** • よく勉強《べんきょう》するそうである。／據說非常用功。 （する）	**※連體形＋體言或形式名詞，做連體修飾語用。** • ほかに相談《そうだん》する相手《あいて》は誰《だれ》もいない。／此外沒有人可以商量。 （する） **※連體形＋ので、のに、など、ようだ……等助詞。** • 勉強《べんきょう》するのに、運動《うんどう》はちっともしない。／雖然用功，卻完全不運動。 （する）	**※假定形＋ば，表示假定，中文意思是如果……就。** • 勉強《べんきょう》すれば成績《せいせき》はよくなる。／用功的話成績就會好。 （する）	**※命令形＋句點。** • 早《はや》くしろ。／快點做！ （する）

6 自動詞、他動詞

● **何謂自動詞：**行為、動作是自發的，沒有直接涉及到其他事物的詞稱為自動詞，相當於英文的不及物動詞。

● **何謂他動詞：**行為、動作直接涉及到某件事物的詞稱為他動詞，相當於英文的及物動詞。

● **自動詞與他動詞的分類：**

自動詞	他動詞
いる／有、在	無
ある／有	無
行《い》く／去	無
来《く》る／來	無
無	買《か》う／買
無	打《う》つ／打
無	読《よ》む／讀

自動詞	他動詞
開《あ》く／開	開《あ》ける／打開
帰《かえ》る／回去	帰《かえ》す／歸還
動《うご》く／動	動《うご》かす／發動
出《で》る／出、出來	出《だ》す／拿出、取出
通《とお》る／通過	通《とお》す／通過
浮《う》く／浮	浮《う》かす／使……浮起來
変《か》わる／變	変《か》える／改變
代《か》わる／代替	代《か》える／替換

●自動詞與他動詞在用法上的不同：

自動詞	他動詞
・風《かぜ》が吹《ふ》く。／風吹。 ・枝《えだ》が折《お》れる。／樹枝斷了。 ・目《め》が覚《さ》める／睡醒。	・笛《ふえ》を吹《ふ》く。／吹笛。 ・枝《えだ》を折《お》る。／折斷樹枝。 ・目《め》を覚《さ》ます／喚醒。

●注意事項：

＊一般而言，他動詞做述語時上面通常都要接目的語。

＊很多五段活用動詞是用語尾的不同來區分自動詞與他動詞，語尾為る的是自動詞，語尾為す的是他動詞，如覚《さ》める的語尾是る，為自動詞，覚《さ》ます的語尾是す，為他動詞。

＊有些動詞既可做自動詞也可做他動詞，這種動詞叫自他動詞。

＊通常，以動詞下面所接的助詞來判斷自動詞或他動詞，接が是自動詞，接を是他動詞，但也有不少例外情形。

7 補助動詞

● **何謂補助動詞：**動詞在句中失去原來的意思和獨立性，而是接在其他詞後面做補助作用，這種情形叫補助動詞。

● **主要的補助動詞：**てある、ている、てくる、てみる、てくれる、てもらう、ていく、てみせる、てください、てあげる、ておく、てしまう……等。

● **補助動詞的特點：**接在動詞連用形下面，做補助說明的作用。

● **幾個補助動詞的用法：**

①てある——表示動作所造成的狀態一直持續下去，中文意思是……著。

・窓《まど》が開《あ》けてある。／窗戶開著。

・絵《え》が壁《かべ》に掛《か》けてある。／畫掛在牆上。

②ている——表示動作還在持續進行或作用的結果還持續存在著，中文意思是正在……，在……。

・次郎《じろう》が泣《な》いている。／次郎在哭。

・花瓶《かびん》が割《わ》れている。／花瓶破了。

③てしまう——表示某項動作的完成或結束，中文意思是……了，……完了。

- 本《ほん》を読《よ》んでしまった。／把書看完了。
- お菓子《かし》を全部《ぜんぶ》食《た》べてしまう。／要把點心全部吃完。

④てみる——表示試著做某項行動，中文意思是做看看，試試看，試一下。

- 電話《でんわ》を掛《か》けてみましょう。／打個電話試看看。
- 一《ひと》つだけ食《た》べてみる。／吃一個試試看。

⑤てくる——表示由遠而近的變化狀態，中文意思是……來了，一般用過去式。

- 父《ちち》が山《やま》から帰《かえ》ってきた。／父親從山上回來了。

てくる——也表示動作的發生或開始，中文意思是……起來，一般用過去式。

- 雪《ゆき》が降《ふ》ってきた。／下起雪來。

⑥てくれる——表示別人幫自己或和自己關係密切的人做事，中文意思是給我（我們）……。

- 兄《にい》さんは新《あたら》しい靴《くつ》を買《か》ってくれた。／哥哥為我買了新鞋。
- 由《ゆ》紀《き》子《こ》さんが教《おし》えてくれました。／由紀子告訴我了。

第四章

形容詞、形容動詞

1 形容詞

● **何謂形容詞：**表示人的感覺、感情以及事物的性質、狀態的詞稱為形容詞。

● **形容詞的特點：**①有活用。②可單獨做述語用，其基本形都是以い做結尾。

● **常用的形容詞：**

表示客觀事物的性質、狀態之形容詞：

赤《あか》い　／紅的　明《あか》るい／明朗的　甘《あま》い　／甜的　青《あお》い　／藍色的

厚《あつ》い　／厚的　重《おも》い　／重的　大《おお》きい／大的　硬《かた》い　／硬的

軽《かる》い　／輕的　汚《きたな》い　／骯髒的　暗《くら》い　／暗的　黒《くろ》い　／黑的

狭《せま》い　／窄的　少《すく》ない／少的　近《ちか》い　／近的　小《ちい》さい／小的

長《なが》い　／長的　速《はや》い　／快的　深《ふか》い　／深的　丸《まる》い　／圓的

短《みじか》い　／短的　良《よ(い)》い　／好的　悪《わる》い　／不好的

表示主觀的感情或感覺之形容詞：

暑《あつ》い　／熱的　　暖《あたた》かい　／溫暖的　　痛《いた》い　／痛的　　嬉《うれ》しい／高興的

可笑《おか》しい／可笑的　　面白《おもしろ》い　／有趣的　　悲《かな》しい／悲傷的　　苦《くる》しい／痛苦的

怖《こわ》い　／可怕的　　懐《なつ》かしい／懷念的

●形容詞的功用：

1做述語——桜《さくら》が美《うつく》しい。／櫻花很漂亮。

2做補語——空《そら》が明《あか》るくなった。／天空晴朗了起來。

3修飾體言——白《しろ》い雲《くも》が飛《と》ぶ。／白雲飄著。

4修飾用言——母《はは》が寂《さび》しく笑《わら》った。／媽媽孤寂地笑著。

●形容詞的變化：

形容詞和動詞一樣，語尾也會產生變化，它的變化過程如下：

基本形	語幹	未然形	連用形	終止形	連體形	假定形
高《たか》い	高《たか》	高《たか》かろ	高《たか》く 高《たか》かっ	高《たか》い	高《たか》い	高《たか》けれ
美《うつく》しい	美《うつく》し	美《うつく》しかろ	美《うつく》しく 美《うつく》しかっ	美《うつく》しい	美《うつく》しい	美《うつく》しけれ

● **形容詞的用法：**

未然形

※未然形＋う，表示推量，中文意思是……吧！

• 冬《ふゆ》になると、気候《きこう》が寒《さむ》かろう。／這裡一到冬天，就會變得很冷了吧！（寒《さむ》い）

• そんな事《こと》はなかろう。／不會有這麼回事吧！（ない）

連用形

※連用形く＋ない，中文意思是沒……、不……。

• 彼女《かのじょ》はちっとも優《やさ》しくない。／她一點也不溫柔。（優《やさ》しい）

※連用形**く＋用言，做連用修飾語用**。

• 空《そら》が明《あか》るくなった。／天空變晴朗了。（明《あか》るい）

連用形	• 花《はな》が美《うつく》しく咲《さ》く。／花開得很漂亮。（美《うつく》しい） ※連用形＋逗點，表示句子暫時中止。 • 山《やま》は高《たか》く、川《かわ》は清《きよ》い。／山高，水清。（高《たか》い） ※連用形く＋接續助詞，構成接續式。 • どんなに苦《くる》しくても我慢《がまん》する。／再怎麼苦也忍耐著。（苦《くる》しい） ※連用形かっ＋た，表示過去。 • 昨日《きのう》の雨《あめ》は激《はげ》しかった。／昨天的雨很大。（激《はげ》しい）
終止形	※終止形＋句點，表示句子終了。 • 冬《ふゆ》の朝《あさ》はとても寒《さむ》い。／冬天的早晨非常冷。（寒《さむ》い） ※終止形＋助動詞だろう、らしい、そうだ……等，表示推量。 • 今《いま》ごろ北海道《ほっかいどう》は寒《さむ》いだろう。／現在北海道大概很冷吧！（寒《さむ》い） ※終止形＋接續助詞が、と、から……等，構成接續式。 • 日本《にほん》の冬《ふゆ》は寒《さむ》いから嫌《きら》いだ。／日本的冬天冷，所以不喜歡。（寒《さむ》い）

連體形	**※連體形＋體言，做連體修飾語。** •日本《にほん》は地震《じしん》が多《おお》い国《くに》です。／日本是地震頻繁的國家。　（多《おお》い） **※連體形＋助詞ので、のに……等。** •寒《さむ》いのに、上着《うわぎ》を着《き》ない。／天冷卻不穿外衣。　（寒《さむ》い）
假定形	**※假定形＋ば，構成假定式，中文意思是如果……就。** •安《やす》ければ買《か》いましょう。／如果便宜的話就買吧！　（安《やす》い）

●注意事項：

＊形容詞的未然形在會話上已經很少用了，一般以未然形＋でしょう來代替。

＊形容詞的否定形跟動詞不一樣，是接在連用形後面，而不是接在未然形後面。

＊形容詞沒有命令形。

＊形容詞語幹後面接み或さ可以當名詞用。

2 形容動詞

●**何謂形容動詞：**在描寫事物的性質、狀態方面類似形容詞，但在活用上卻近似動詞的詞叫做形容動詞。

●**形容動詞的特點：**①活用語。②以だ爲語尾。③能做述語、連體修飾語、連用修飾語。④語幹可做獨立文節。

●**常用的形容動詞：**

以和語＋だ構成的形容動詞

明《あき》らかだ／明亮的　　静《しず》かだ／安靜的　　確《たし》かだ　／確實的　　賑《にぎ》やかだ／熱鬧的

速《すみ》やかだ／迅速的　　素直《すなお》だ／坦率的　　朗《ほが》らかだ／晴朗的　　豊《ゆた》かだ　／豐富的

柔《やわ》らかだ／柔軟的

以漢語＋だ構成的形容動詞

簡単《かんたん》だ／簡單　綺麗《きれい》だ／漂亮　健康《けんこう》だ／健康　親切《しんせつ》だ／親切
上手《じょうず》だ／高明　正直《しょうじき》だ／正直　好《す》きだ／喜歡　大変《たいへん》だ／不得了
大切《たいせつ》だ／重要　駄目《だめ》だ／不行　特別《とくべつ》だ／特別　便利《べんり》だ／方便
必要《ひつよう》だ／必要　見事《みごと》だ／漂亮

以外來語＋だ構成的形容動詞：

ノーマルだ／標準的　デリケートだ／微妙的　センチメンタルだ／感傷的

● **形容動詞的功用：**

1做述語――あそこは静《しず》かだ。／那一帶蠻安靜的。
2做補語――町《まち》は平和《へいわ》になった。／鎮上恢復和平了。
3修飾體言―アメリカは遥《はる》かな国《くに》ですね。／美國眞是個遙遠的國家啊！
4修飾用言―風《かぜ》は静《しず》かに吹《ふ》く。／風輕輕地吹。

● 形容動詞變化表

基本形	語幹	未然形	連用形	終止形	連體形	假定形
静《しず》かだ	静《しず》か	静《しず》かだろ	静《しず》かだっ 静《しず》かで 静《しず》かに	静《しず》かだ	静《しず》かな	静《しず》かなら
静《しず》かです	静《しず》か	静《しず》かでしょ	静《しず》かでし	静《しず》かです	（です）	○

● 形容動詞的用法：

未然形	**※未然形＋う，表示推測，中文意思是……吧！** • 町《まち》は賑《にぎ》やかだろう。／街上熱鬧吧！（賑《にぎ》やかだ）
連用形	**※連用形に＋用言，做連用修飾語用。** • 風《かぜ》は静《しず》かに吹《ふ》く。／風徐徐地吹。（静《しず》かだ） **※連用形で＋ない或ある，表示否定與肯定。**

連用形	• 波《なみ》は静《しず》かである。／浪靜。（静《しず》かだ） • 波《なみ》は静《しず》かでない。／風浪不平穩。（静《しず》かだ） ※**連用形で＋逗點，表示句子暫時停止。** • 周囲《しゅうい》は綺麗《きれい》で、庭《にわ》も広《ひろ》い。／四周漂亮，院子也寬廣。（綺麗《きれい》だ） ※**連用形だっ＋た，表示過去。** • 風《かぜ》は静《しず》かだった。／風靜了。（静《しず》かだ）
終止形	※**終止形＋句點，表示句子終了。** • あそこは静《しず》かだ。／那兒滿安靜的。（静《しず》かだ） ※**終止形＋傳聞形容詞そうだ，表示推測，中文意思是據說。** • 佐藤《さとう》さんの奥《おく》さんは綺麗《きれい》だそうだ。／據說佐藤先生的太太蠻漂亮的。（綺麗《きれい》だ） ※**終止形＋が、から、と……等接續助詞，構成接續式。** • 図書館《としょかん》は静《しず》かだから、よく勉強《べんきょう》できる。／圖書館安靜，所以可好好讀書。（静《しず》かだ）

終止形	**※連體形＋助詞、名詞……等，構成接續式。** ・あそこは静《しず》かなところです。／那裡很安靜。（静《しず》かだ） **※連體形＋助詞ので、のに……等，構成接續式。** ・あまり静《しず》かなので、ちょっと寂《さび》しい。／太靜了，有點寂寞。（静《しず》かだ）
假定形	**※假定形なら（ば），表示假定或條件，中文意思是……的話。** ・そんなに静《しず》かなら（ば）行《い》ってみたい。／那麼安靜的話，我想去看看。（静《しず》かだ）

●注意事項：

＊形容動詞的語幹＋み、さ可以當名詞用。

3 特殊形容動詞

● 何謂特殊形容動詞：日語中有幾個形容動詞的語尾變化特殊，稱之爲特殊形容動詞。

● 特列形容動詞：同《おな》じだ、こんなだ、そんなだ、あんなだ、どんなだ。

● 特殊形容動詞活用表

基本形	語幹	未然形	連用形	終止形	連體形	假定形
同《おな》じだ	同《おな》じ	同《おな》じだろ	同《おな》じだっ 同《おな》じで 同《おな》じに	同《おな》じだ	同《おな》じ	同《おな》じなら
こんなだ	こんな	こんなだろ	こんなだっ こんなで こんなに	こんなだ	こんな	こんなら

4 音便

● **何謂音便：**爲了發音方便，用某一個音代替原來的發音，這種情形叫音便。

● **音便的條件：**①若是動詞，一定是在五段活用動詞。②只在連用形時發生音便。③一定要接て、ては、ても、た、たり時才可發生變化。

● **音便的種類：**イ音便、促音便、撥音便。

● **動詞的音便**

イ音便：カ行、ガ行的動詞連用形後面如果接た、たり、て……等時，語尾的き、ぎ都會產生音便，變成い，而ガ行動詞不但語尾變成い，下面的た、たり、て等也會變成濁音だ、だり、で。

カ行動詞	書《か》く	書《か》き＋て 書《か》き＋たり 書《か》き＋た	書《か》い＋て 書《か》い＋たり 書《か》い＋た	書《か》いて 書《か》いたり 書《か》いた
ガ行動詞	急《いそ》ぐ	急《いそ》ぎ＋て 急《いそ》ぎ＋たり 急《いそ》ぎ＋た	急《いそ》い＋て 急《いそ》い＋たり 急《いそ》い＋た	急《いそ》いで 急《いそ》いだり 急《いそ》いだ

促音便：タ行、ラ行、ワ行的動詞連用形後面如果接た、たり、て、ても、ては等時，語尾的ち、り、い也會產生音便，變成っ。

タ行動詞
立《た》つ
立《た》ち＋て 立《た》ち＋たり 立《た》ち＋た
立《た》っ＋て 立《た》っ＋たり 立《た》っ＋た
立《た》って 立《た》ったり 立《た》った

撥音便：ナ行、バ行、マ行的動詞連用形後面如果接た、たり、て、ても、ては等時，語尾的に、び、み也會產生音便，變成ん，而下面的た、たり、て、ても、ては等也變成濁音だ、だり、で、でも、では。

ナ行動詞
死《し》ぬ
死《し》に＋て 死《し》に＋たり 死《し》に＋た
死《し》ん＋て 死《し》ん＋たり 死《し》ん＋た
死《し》んで 死《し》んだり 死《し》んだ

● **形容詞的音便條件：**形容詞連用形接ございます或存《ぞん》じます時く會變成う。

● **形容詞的音便種類有下列三種：**

語幹的最後一個音在ウ段或オ段的形容詞。

重《おも》い	重《おも》く＋ございます	重《おも》うございます
熱《あつ》い	熱《あつ》く＋ございます	熱《あつ》うございます

語幹的最後一個音在ア段的形容詞。

高《たか》い	高《たか》く＋存《ぞん》じます	高《たか》う存《ぞん》じます
ありがたい	ありがたく＋ございます	ありがとうございます

語幹的最後一個音在イ段的形容詞。

よろしい	よろしく＋ございます	よろしゅうございます
美《うつく》しい	美《うつく》しく＋ございます	美《うつく》しゅうございます

第五章

副詞 連體詞
接續詞 感歎詞

1 副詞

● **副詞**：用來修飾用言（動詞、形容詞、形容動詞）的詞叫副詞。

● **副詞的種類**：狀態副詞、程度副詞、敍述副詞。

● **副詞的特點**：①不能接助動詞。②除了特殊助詞の之外不接助詞。

狀態副詞

常用的狀態副詞

あらかじめ／預先　いきなり／忽然　いっさい／一切、一概　かねて／早就

暫《しばら》く／暫時　じっと／一動不動　すっかり／全、都　すべて／總、全部

そっと／悄悄地　たびたび／再三　ついに／終於、到底

ときどき／時而　ふたたび／再、又　また／也　やがて／不久

やはり／還是　すぐ／馬上　すでに／已經　だんだん／漸漸

なかなか／很　はっきり／淸淸楚楚　ゆっくり／慢慢地

とうとう／終於、到底

用法：表示該動作、行爲的狀況，主要是用來修飾動詞。

接續：狀態副詞＋用言

用例：・富士山《ふじさん》ははっきり見《み》えた。／可以清清楚楚地看到富士山。

・ちょっと待《ま》ってください。／請等一下。

程度副詞

常用的程度副詞

いっそう／更	かなり／很、相當	ごく／極、很	すこし／少、稍微
ずいぶん／相當、很	ずっと／一直	たいへん／變、甚	ただ／只、淨
ちょっと／一點、暫且	なお／尚、還	はなはだ／甚、很	もう／再、已經
もっと／還、再	もっとも／最	やや／稍	よほど／很
わずか／僅僅			

用法：表示其狀態的程度，主要是用來修飾用言。

接續：程度副詞＋用言、其他副詞、名詞

用例：・今日《きょう》はずいぶん寒《さむ》い。／今天很冷。

・すこししか知《し》りません。／只知道一些。

敘述副詞

常用的敘述副詞

決《けっ》して／絕…不	ちっとも／一點也…不	まったく／完全	ぜひ／一定、總得
まるで／好像	たぶん／大概	ちょうど／正好、好像	なんと／多麼
たとえ／即使	なぜ／爲什麼	もし／假如	おそらく／恐怕
いったい／究竟	どうして／怎麼	すこしも／毫不	いつ／幾時
いずれも／都	めったに／不常	たとえ／即使	さぞ／想必
あたかも／好像	あまり／不太		

用法：用來限制修飾語的敘述方法。

接續：敘述副詞＋詞、述語

用例：
- あの人《ひと》は嘘《うそ》を決《けっ》して言《い》わない。／他絕不會說謊。
- なぜ行《い》かないか。／爲什麼不去？

●**注意事項**：

＊副詞本來是要修飾用言（動詞、形容詞、形容動詞）的，但有些程度副詞除了可以修飾用言外，還能修飾體言（名詞），像もっと、ずっと、たいそう、やく等都是。

＊日語裏有很多擬聲副詞、擬態副詞，主要是在陳述該狀態或聲音，像ははあと笑《わら》い出《だ》した中的ははあ是在陳述笑的聲音。

2 連體詞

● **連體詞：**位於體言（名詞）上面，用來修飾體言的詞叫連體詞。

● **連體詞的特點：**①沒有活用。②不能做主語。

● **連體詞的接續：**連體詞＋體言

①由名詞轉化而來的連體詞——この、その、あの、こんな、どんな……等。	•この本《ほん》は面白《おもしろ》くない。／這本書不精彩。 •どの部屋《へや》にいますか。／在哪個房間？ •どんな音楽《おんがく》が好《す》きですか。／喜歡什麼音樂？
②由形容詞轉化而來的連體詞——大《おお》きな、小《ちい》さな、いろんな……等。	•もっと小《ちい》さなサイズはありませんか。／有沒有更小尺寸的？ •彼《かれ》は大《おお》きな声《こえ》で怒鳴《どな》った。／他大聲怒吼。
③由動詞轉化來的連體詞——ある、いかなる、いわゆる、あらゆる……等。	•ある人《ひと》から聞《き》いた噂《うわさ》／從某人那兒聽來的消息 •世界中《せかいじゅう》のあらゆる国々《くにぐに》／世界上所有的國家

● **注意事項：**

＊除了上面幾種連體詞外，也有由副詞轉來的連體詞，像ずっと、かなり、ごく……等。

3 接續詞

● **接續詞：**放在詞和詞或句和句之間，用來連接上、下句的獨立詞叫接續詞。

● **接續詞的特點：**①沒有活用。②不能做主語、述語、修飾語。

● **連體詞的接續：**句子（詞）＋接續詞＋句子（詞）

● **接續詞的種類：**

表示並列的接續詞	及《およ》び／及、和　並《なら》びに／及、和　また／又、還 ● 野球《やきゅう》もし、またテニスもする。／既打棒球又打網球。 ● この用紙《ようし》に住所《じゅうしょ》および氏名《しめい》を記入《きにゅう》してください。／請在這張紙上寫下住址及姓名。
表示添加的接續詞	なお／並且、還　そして／而、然後　それから／再、然後　それに／又、且 そのうえ／而且　おまけに／而且、然後　しかも／而且 ● 鈴木君《すずきくん》は勉強《べんきょう》ができる、そのうえ運動《うんどう》も得意《とくい》だ。／鈴木君很會讀書，而且又擅長運動。 ● 学校《がっこう》から帰《かえ》ってきた。そしてすぐ塾《じゅく》へ行《い》った。／從學校回來，然後馬上去補習班。

表示選擇的接續詞	表示條件的接續詞
それとも／還是　または／或　あるいは／或　また／又 もしくは／若	**順接**：だから／所以　それで／因此、才　それでは／那麼 そこで／於是　では／那麼　そうすると／那樣的話 すなわち／則、於是　したがって／因此　そのゆえ／因此、所以 **逆接**：しかし／可是、然而　しかしながら／然而、可是　だが／但是 それなのに／可是、然而　だって／可是　けれど、けれども／可是、然而 ところが／雖然、可是　ただし／但是　が／可是
• 明日《あした》は雪《ゆき》または雨《あめ》でしょう。／明天大概會下雪或下雨吧！ • あなたが行《い》きますか、それとも由紀子《ゆきこ》が行《い》きますか。／是你去或是由紀子去呢？	• 昨日《きのう》雨《あめ》が降《ふ》った。だから、道《みち》が悪《わる》い。／昨天下雨，所以道路狀況不好。 • 春《はる》が来《き》た。しかし、まだ寒《さむ》い。／春天已經來了，可是氣溫還是很低。

4 感歎詞

● **感歎詞：**表達說話者感動的心情或用於應答、呼喚別人的詞叫感歎詞。

● **感歎詞的特性：**①沒有活用。②不能做主語、述語、修飾語、接續語。③有時可以單獨成一個句子。

● **感動詞的種類及用法：**

①表示感嘆的感動詞——あ、あら、まあ、あれ、これはこれは……等，中文意思是啊、呀。

・ああ、嬉《うれ》しい。／啊，好高興！

・あら、どうしたの。／啊，怎麼了？

②表示呼喚的感動詞——もしもし、こら……等。

・もしもし、田中《たなか》さんですか。／喂，喂，田中先生嗎？

・こら、待《ま》て。／喂，站住！

③表示應答的感動詞——いや、いいえ、はい、うん……等。

・はい、よく分《わ》かりました。／是，知道了。

・いや、そんなことはない。／不，沒那回事。

第六章

助動詞

1 使役助動詞せる、させる

●使役助動詞せる、させる的變化表：

基本形	未然形	連用形	終止形	連體形	假定形	命令形
せる	せ	せ	せる	せる	せれ	せよ、せろ
させる	させ	させ	させる	させる	させれ	させよ、させろ

●接續：

①五段動詞未然形、サ變動詞未然形＋せる

・弟《おとうと》に絵《え》を書《か》かせる。／讓弟弟畫圖。　（書《か》く→書《か》かせる）

②五段以外的動詞未然形＋させる

・お正月《しょうがつ》には子供《こども》に晴着《はれぎ》を着《き》させる。／新年讓小孩子穿漂亮的衣服。　（着《き》る→着《き》させる）

●用法：

表示讓別人做某種行為、動作，中文意思是令、叫、要、讓、使。

・私《わたし》は妹《いもうと》に東京《とうきょう》へ行《い》かせた。／我要妹妹去東京。　（行《い》く→行《い》かせる）

・今夜《こんや》十時《じゅうじ》までに来《こ》させろ。／叫他今夜十點以前來。　（来《く》る→来《こ》させる）

2 被動助動詞れる、られる

● 被動助動詞れる、られる的變化表：

基本形	未然形	連用形	終止形	連體形	假定形	命令形
れる	れ	れ	れる	れる	れれ	○
られる	られ	られ	られる	られる	られれ	○

● **接續：**

①五段動詞未然形、サ變動詞未然形＋れる

• 私《わたし》は母《はは》に呼《よ》ばれて、台所《だいどころ》へ行《い》った。／我被媽媽叫到廚房去。（呼《よ》ぶ→呼《よ》ばれる）

②五段以外的動詞未然形＋られる

• 彼《かれ》は先生《せんせい》に褒《ほ》められた。／他受到了老師的稱讚。（褒《ほ》める→褒《ほ》められる）

● **用法：**

表示承受別人的動作或其他外力作用，中文意思是被、給、爲……所、受。

• あの男《おとこ》は信《しん》じられない。／那個男人無法讓人信任。（信《しん》じる→信《しん》じられる）

• 犬《いぬ》にかまれる。／被狗咬。（かむ→かまれる）

3 可能助動詞れる、られる

●可能助動詞れる、られる的變化表：

基本形	未然形	連用形	終止形	連體形	假定形	命令形
れる	れ	れ	れる	れる	れれ	○
られる	られ	られ	られる	られる	られれ	○

●接續：

①五段動詞未然形、サ變動詞未然形＋れる

・バスでしたら二十分《にじっぷん》で行《い》かれます。／公車的話二十分就能到。 （行《い》く→行《い》かれる）

②五段以外的動詞未然形＋られる

・明日《あした》は来《こ》られるか。／你明天能來嗎？ （来《く》る→来《こ》られる）

●用法：

表示主語有能力做某種事情，中文意思是可以、能、足以。

・午後《ごご》行《い》けます。／下午能去。 （行《い》く→行《い》ける）

・私《わたし》も泳《およ》げます。／我也能游。 （泳《およ》ぐ→泳《およ》げる）

4 敬語助動詞れる、られる

●敬語助動詞れる、られる的變化表：

基本形	未然形	連用形	終止形	連體形	假定形	命令形
れる	れ	れ	れる	れる	れれ	○
られる	られ	られ	られる	られる	られれ	○

●接續：

①五段動詞未然形、サ變動詞未然形＋れる

・先生《せんせい》はいつごろ帰《かえ》られますか。／老師什麼時候回來？　（帰《かえ》る→帰《かえ》られる）

②五段以外的動詞未然形＋られる

・王《おう》さんは毎朝《まいあさ》六時《ろくじ》に起《お》きられる。／王先生每天早上六點就起床。　（起《お》きる→起《お》きられる）

●用法：

對行爲或動作的主體表示敬意，中文的意思沒有辦法翻譯出來。

・課長《かちょう》はまだ来《こ》られませんか。／課長還沒來嗎？　（来《く》る→来《こ》られる）

・部長《ぶちょう》はそう考《かんが》えられます。／部長是這麼認爲的。　（考《かんが》える→考《かんが》えられる）

5 自發助動詞れる、られる

● 自發助動詞れる、られる的變化表：

基本形	未然形	連用形	終止形	連體形	假定形	命令形
れる	れ	れ	れる	れる	れれ	○
られる	られ	られ	られる	られる	られれ	○

● **接續：**

①五段動詞未然形、サ變動詞未然形＋れる

・こちらは東京《とうきょう》よりすこし寒《さむ》いように思《おも》われます。／我認爲這裏比東京稍冷些。（思《おも》う→思《おも》われる）

②五段以外的動詞未然形＋られる

・私《わたし》にはこの問題《もんだい》がすこし難《むずか》しく感《かん》じられます。／我總覺得這個問題有點難。（感《かん》じる→感《かん》じられる）

● **用法：**

表示某種感情、動作、想法自然而然的發生。（思《おも》いだす→思《おも》いだされる）

・最近《さいきん》ふるさとのことが思《おも》いだされます。／最近不由地想起了故鄉的事情。

・あの子《こ》のことが案《あん》じられる。／那孩子的事叫人擔心。（案《あん》じる→案《あん》じられる）

6 推量助動詞う

●推量助動詞う的變化表：

基本形	未然形	連用形	終止形	連體形	假定形	命令形
う	○	○	う	う	○	○

●接續：

①五段動詞、形容詞、形容動詞未然形＋う

・ここは静《しず》かだろう。／這裡很安靜吧！　（静《しず》かだ）

②助動詞た、たい、ます、だ、です未然形＋う

・午後《ごご》には晴《は》れましょう。／下午天會放晴吧！　（晴《は》れる→晴《は》れます）

●用法：

①表示推測、想像，中文意思是……吧！

・それは事実《じじつ》だろう。／那是事實吧！（事実《じじつ》だ）・きっと怒《おこ》るでしょう。／一定會生氣吧！（です）

②表示意志或決心，中文意思是……吧！

・ビスケットをやろう。／做餅乾吧！　（やる）

③表示勸誘或徵求對方同意，中文意思是……吧！

・野球《やきゅう》を見《み》に行《い》こう。／去看棒球吧！（行《い》く）・何《なに》かして遊《あそ》ぼう。／來玩點什麼吧！　（遊《あそ》ぶ）

7 推量助動詞よう

●推量助動詞よう的變化表：

基本形	未然形	連用形	終止形	連體形	假定形	命令形
よう	○	○	よう	よう	○	○

●接續：

①五段動詞以外的動詞未然形＋よう

・この人《ひと》は明日《あした》来《こ》よう。／他明天會來吧！（来《く》る）

②助動詞れる、られる、せる、させる未然形＋よう

・それは容易《ようい》に理解《りかい》されよう。／那很容易理解吧！（理解《りかい》する）

● **用法：**

①表示推測、想像，中文意思是……吧！

・母《はは》は帰《かえ》りを待《ま》っていよう。／媽媽大概在等我回去吧！　（いる）

・そう言《い》うと彼《かれ》に誤解《ごかい》されよう。／那麼一說怕會引起他的誤會吧！　（誤解《ごがい》する）

②表示意志或決心，中文意思是……吧！

・よく考《かんが》えてみよう。／仔細考慮看看吧！　（みる）

・私《わたし》がやってみよう。／我來做做看吧！　（みる）

③表示勸誘或徵求對方同意，中文意思是……吧！

・一緒《いっしょ》に野球《やきゅう》をしよう。／一起來打棒球吧！　（する）

・野球《やきゅう》を見《み》よう。／看棒球吧！　（見る）

● **注意事項：**

＊以う或よう來表示推量的用法現在已經漸漸不用，而由でしょう、だろう所代替。

8 否定助動詞ない

● 否定助動詞ない的變化表：

基本形	未然形	連用形	終止形	連體形	假定形	命令形
ない	なかろ	なく なかっ	ない	ない	なけれ	○

● **接續：**

①動詞未然形＋ない

・今日《きょう》は誰《だれ》も来《こ》ない。／今天沒有人來。　（来《く》る）

②助動詞未然形＋ない

・一人《ひとり》で帰《かえ》られない。／一個人沒辦法回去。　（帰《かえ》る→帰《かえ》られる）

● **用法：**

表示否定，中文意思是不，不對，沒有，未。

・眼《め》が悪《わる》いので遠方《えんぽう》は見《み》えない。／眼睛不好，看不到遠處。　（見《み》える）

・誰《だれ》も未《ま》だ起《お》きなかった。／還沒有人起床。　（起《お》きる）

● **注意事項：**

＊動詞ある的後面不能接ない。

＊ます的後面也不能接ない。

9 過去助動詞た

●過去助動詞た的變化表：

基本形	未然形	連用形	終止形	連體形	假定形	命令形
た	たろ	○	た	た	たら	○

●接續：

①**用言連用形＋た**

• 昨日《きのう》五時《ごじ》に起《お》きた。／昨天五點起床。（起《お》きる）

②**助動詞連用形＋た**（**ぬ、う、よう、まい除外**）

• 田中《たなか》は先生《せんせい》に褒《ほ》められた。／田中受到了老師的讚揚。（褒《ほ》める→褒《ほ》められる）

●**用法：**

①表示過去進行的動作、活動或狀態，中文意思是曾經，過，了。

・昨日《きのう》由紀子《ゆきこ》さんに会《あ》いました。／昨天遇到了由紀子。（会《あ》う→会《あ》います）

・朝《あさ》はひどい雨《あめ》だった。／早上的雨好大。（だ）

②表示動作完了、結束，中文意思是……了。

・この西瓜《すいか》は大変《たいへん》甘《あま》かった。／這西瓜很甜。（甘《あま》い）

・練習《れんしゅう》はいま終《お》わった。／練習剛剛結束。（終《お》わる）

③表示動作或結果繼續存在，與……ている或……てある的意思一樣。

・王君《おうくん》は去年《きょねん》日本《にほん》へ来《き》ました。／王同學去年來到日本。（来《く》る→来《き》ます）

・佐藤《さとう》さんは勤《つと》めにいった。／佐藤上班去了。（いく）

●**注意事項：**

＊た不能接在助動詞ぬ、う、よう、まい的後面。

＊た接在イ音便或撥音便的後面要唸だ。

10 希望助動詞たい

● 希望助動詞たい的變化表：

基本形	未然形	連用形	終止形	連體形	假定形	命令形
たい	たかろ	たく たかっ	たい	たい	たけれ	○

● 接續：

① 動詞連用形＋たい

・行《い》きたくない。／不想去。　（行《い》く→行《い》きたい）

② 助動詞れる、られる、せる、させる的連用形＋たい　（食《た》べる→食《た》べられる→食《た》べられたい）

・豚《ぶた》だって、人間《にんげん》に食《た》べられたくはないだろう。／就是豬也不想被人吃掉吧！

●用法：

表示希望或願望，中文意思是想，希望，願意。

•何《なに》が食《た》べたいですか。／你想吃什麼？　（食《た》べる→食《た》べたい）

•私《わたし》はイタリアへ一度《いちど》行《い》きたい。／我想去意大利走一趟。　（行《い》く→行《い》きたい）

●注意事項：

＊たがる跟たい的意思一樣，也表示希望或願望，但使用的場合不同，たい是表示説話者的願望、希望，而たがる是表示別人顯露在外的希望或願望。

＊たい有時候可以用在第二人稱或第三人稱，但這時候通常是説話者的猜測或是尋問對方時用。

11 様態助動詞そうだ（そうです）

● 様態助動詞そうだ、そうです的變化表：

基本形	未然形	連用形	終止形	連體形	假定形	命令形
そうだ	そうだろ	そうだっ そうで そうに	そうだ	そうな	そうなら	○
そうです	そうでしょ	そうでし	そうです	そうです	○	○

● **接續：**

①動詞、動詞型助動詞連用形＋そうだ（そうです）

・客《きゃく》はすぐ帰《かえ》りそうだ。／客人好像要回去了。　（帰《かえ》る）

②形容詞、形容動詞語幹、助動詞ない、たい語幹＋そうだ（そうです）

・その映画《えいが》は面白《おもしろ》そうだ。／那電影好像蠻有趣的。　（面白《おもしろ》い）

● **用法：**

表示主觀的判斷、推測或預料未來的情況，中文意思是好像，似乎，好像……似的。

・火《ひ》は消《き》えそうになった。／火好像滅了。　（消《き》える）

・明日《あした》は雨《あめ》が降《ふ》りそうだ。／明天好像會下雨吧！　（降《ふ》る）

12 傳聞助動詞そうだ（そうです）

● 傳聞助動詞そうだ、そうです的變化表：

基本形	未然形	連用形	終止形	連體形	假定形	命令形
そうだ	○	そうで	そうだ	○	○	○
そうです	○	そうでし	そうです	○	○	○

● **接續：**

①用言終止形＋そうだ（そうです）

・春山君《はるやまくん》は毎朝早《まいあさはや》く起《お》きるそうだ。／聽說春山每天早上很早起床。（起《お》きる）

②助動詞せる、させる、れる、られる、ない、たい、た、だ的終止形＋そうだ（そうです）

・知《し》らないそうだ。／聽說是不知道。（知《し》る→知《し》らない）

●用法：

表示現在這個消息是從別處聽來的，中文意思是據說，聽說。

•山田君《やまだくん》も知《し》っているそうだ。／據說山田也知道。（知《し》る↓知《し》っている）

•あの人《ひと》は医者《いしゃ》だそうだ。／聽說他是醫生。（だ）

●注意事項：

＊そうだ、そうです的否定形通常用……そうもない或……そうもありません。

＊様態助動詞そうだ、そうです跟傳聞助動詞そうだ、そうです除了意思不同外，接續方法也不同，様態助動詞接在動詞連用形及形容詞、形容動詞語幹後面，而傳聞助動詞則接在終止形的後面。

13 比況助動詞ようだ（ようです）

●比況助動詞ようだ、ようです的變化表：

基本形	未然形	連用形	終止形	連體形	假定形	命令形
ようだ	ようだろ	ようだっ ようで ように	ようだ	ような	ようなら	○
ようです	ようでしょ	ようです	ようです	ようです	○	○

●接續：

①體言＋の＋ようだ（ようです）

•二人《ふたり》は姉妹《しまい》のようです。／兩人好像姉妹似的。

（姉妹《しまい》の）

②用言連體形、助動詞連體形＋ようだ（ようです）

• まるで夢《ゆめ》を見《み》ているようだ。／宛如做夢似的。（見《み》る↓見《み》ている）

●用法：

①舉出某種事物、動作、行爲或狀態，用來比喻一種事物，中文意思是好像……似的，似乎是，像……，如同……一般。

• 車《くるま》が飛《と》ぶように走《はし》っている。／車子如同飛一般行駛著。（飛《と》ぶ）

• 海《うみ》はまるでかがみのようだった。／海面宛如一面鏡子。（かがみの）

②舉出一個例子，使人類推其他，中文意思是像……，像……那樣。

• 佐藤君《さとうくん》のような人《ひと》／像佐藤君那樣的人（佐藤君《さとうくん》の）

• ロンドンのような大都会《だいとかい》／像倫敦那樣的大都市（ロンドンの）

③表示不確定的推斷，中文意思是好像是，似乎是。

• 食事《しょくじ》の支度《したく》が出来《でき》たようだ。／飯好像已經準備好了。（出来《でき》る）

• 今日《きょう》は暑《あつ》いようだ。／今天似乎很熱。（暑《あつ》い）

14 比況助動詞みたいだ

●比況助動詞みたいだ的變化表：

基本形	未然形	連用形	終止形	連體形	假定形	命令形
みたいだ	みたいだろ	みたいだっ みたいで みたいに	みたいだ	みたいな	みたいなら	○

●**接續：**

①體言、用言連體形＋みたいだ

•あの山《やま》はまるで富士山《ふじさん》みたいだ。／那座山宛如富士山。 (富士山《ふじさん》)

●**用法：**

表示比喩，中文意思是像……似的，如同……一般，如，好像是。

•今日《きょう》の暑《あつ》さは夏《なつ》みたいだ。／今天就像夏天一樣的熱。 (夏《なつ》)

•雨《あめ》が止《や》んだみたい。／雨好像停了。 (止《や》む→止《や》んだ)

15 推定助動詞らしい

● 推定助動詞らしい的變化表：

基本形	未然形	連用形	終止形	連體形	假定形	命令形
らしい	○	らしく　らしかっ	らしい	らしい	○	○

● **接續：**

①體言、副詞、形容動詞語幹＋らしい

・彼《かれ》が結婚《けっこん》するという話《はなし》は本当《ほんとう》らしい。／他要結婚的消息似乎是真的。（本当《ほんとう》）

②形容詞終止形、動詞終止形、助動詞終止形＋らしい

・北海道《ほっかいどう》は寒《さむ》いらしい。／北海道好像很冷。（寒《さむ》い）

● **用法：**

表示根據客觀的狀況來進行推斷，中文意思是像，好像，似乎。

・午後《ごご》は雨《あめ》が降《ふ》るらしい。／下午好像會下雨。（降《ふ》る）

・お母《かあ》さんは買《か》い物《もの》に行《い》ったらしい。／媽媽好像買東西去了。（行《い》く→行《い》った）

● **注意事項：**

＊助動詞的らしい和接尾語的らしい意思有點不同，接尾語的らしい要接在名詞的下面，意思是帶……樣子，像……樣，如子供《こども》らしい（很有小孩應有的特質）。

16 斷定助動詞だ

● 斷定助動詞だ的變化表：

基本形	未然形	連用形	終止形	連體形	假定形	命令形
だ	だろ	だっ　で	だ	（な）	なら	○

● **接續：**

①體言、部分副詞＋だ

・これは桜《さくら》の花《はな》だ。／這是櫻花。（櫻《さくら》の花）

②用言連體形、助動詞連體形＋の、こと＋だ

・ちょっと来《き》て、用《よう》があるのだ。／你來一下，我有事找你。（あるの）

● **用法：**

表示斷定或陳述事物，中文意思為是。

・昨日《きのう》は日曜日《にちようび》だった。／昨天是星期天。（日曜日《にちようび》）

・それはいちごのケーキだ。／那是草莓蛋糕。（いちごのケーキ）

● **注意事項：**

＊だ的未然形だろう可以直接接在用言後面，不必再加の。

＊だ跟です的用法一樣，不同的是だ爲簡體形，です爲敬體形。

17 斷定助動詞です

●斷定助動詞です的變化表：

基本形	未然形	連用形	終止形	連體形	假定形	命令形
です	でしょ	でし	です	（です）	○	○

●接續：

①體言、部分副詞＋です

・私《わたし》はアメリカのスミスです。／我是美國來的史密斯。（スミス）

②用言連體形、助動詞連體形＋の＋です

・それはなかなか面白《おもしろ》いのです。／那是很有趣的。（面白《おもしろ》い）

●用法：

表示斷定或陳述事物，中文意思為是。

・富士山《ふじさん》は日本一高《にほんいちたか》い山《やま》です。／富士山是日本第一高山。（山《やま》）

・今日《きょう》は私《わたし》の誕生日《たんじょうび》です。／今天是我的生日。（私《わたし》の誕生日《たんじょうび》）

●注意事項：

＊だ、です的意思、用法相同，通常可以互換。

18 丁寧助動詞ます

●丁寧助動詞ます的變化表：

基本形	未然形	連用形	終止形	連體形	假定形	命令形
ます	ませ ましょ	まし	ます	ます	ますれ	ませ まし

●接續：

①**動詞連用形＋ます**

・佐藤君《さとうくん》も午後《ごご》は来《き》ます。／佐藤君也是下午來。（来《く》る）

②**助動詞れる、られる、せる、させる連用形＋ます**

・先生《せんせい》はよく図書館《としょかん》に行《い》かれます。／老師經常去圖書館。（行《い》く↓行《い》かれる）

●用法：

表示尊敬或鄭重，中文意思譯不出來。

・雨《あめ》が降《ふ》っています。／正下著雨。（いる）

・先生《せんせい》もそうおっしゃいました。／老師也這麼說。（おっしゃる）

●注意事項：

＊基本上不用ますれば的假定形，而是以ますなら、ましたら來代替。

第七章

格助詞

1 格助詞を

接續	**體言、形式名詞＋を** ・本《ほん》を買《か》う。／買書
用法	**①體言＋を＋他動詞，表示動作作用的對象或目的，中文意思是把、將，但一般都不直接譯出。** ・帽子《ぼうし》をかぶる。／戴帽子。　・字《じ》を書《か》く。／寫字。 **②體言＋を＋移動的自動詞，表示動作的起點、時間或移動的場所，中文意思是在、過、由、從、離開。** ・道《みち》を歩《ある》く。／走在路上。　・橋《はし》を渡《わた》る。／過橋。 ・八時《はちじ》に家《いえ》を出《で》ます。／八點從家裏出來。 **③體言＋を＋使役動詞，表示上面的體言是使役的對象，中文意思是讓……，但一般都不直接譯出。** ・子供《こども》を泣《な》かせるな。／不要讓小孩哭。

●注意事項：

＊在日語裡，當移動動詞上面用を時，を上面的體言是表示經過的場所或出發的地點。

2 格助詞が

接續

體言、形式名詞＋が

・風《かぜ》が吹《ふ》く。／風吹著。

用法

①**作句子的主語，中文意思無法譯出。**

・田中《たなか》さんが来《き》た。／田中先生來了。

・白《しろ》いのが多《おお》い。／白的多。

②**作句子的對象語，中文意思無法譯出。通常是用於表示好惡的對象、願望的對象、能不能的對象、擅不擅長的對象。**

・わたしは水《みず》がほしい。／我想喝水。

・あの子《こ》は字《じ》が読《よ》める。／那個孩子能認字。

●**注意事項：**

＊作對象語的が往往容易用成を。

＊が容易和另一個副助詞は混淆，詳細情形請參考125頁。

3 格助詞から

接續	**體言＋から** ・ここから出発《しゅっぱつ》します。／從這裡出發。
用法	**①表示動作、作用的起點，中文意思是從、自、由。** ・今日《きょう》から始《はじ》まる。／從今天開始。 ・会社《かいしゃ》から急《いそ》いで帰《かえ》りました。／急急忙忙從公司回來了。 **②表示材料、原料的來源，中文意思是由、用。** ・日本酒《にほんしゅ》は米《こめ》から作《つく》る。／日本酒是用米做成的。 **③表示動作經由或通過的場所，中文意思是從。** ・窓《まど》から雪《ゆき》が吹《ふ》き込《こ》んだ。／雪從窗戶吹進來。

●注意事項：

＊から有兩種，一種是格助詞，一種是接續助詞，格助詞的から上面接體言，接續助詞上面接用言終止形，表示原因、理由，兩者不要混淆了。

＊格助詞から常和まで連在一起使用，構成體言＋から＋體言＋まで的型式，是從……到……的意思。

4 格助詞 で

接續

體言＋で

・鉛筆《えんぴつ》で書《か》きなさい。／請用鉛筆書寫。

用法

①表示動作的地點或場所，中文意思是在。

・公園《こうえん》で遊《あそ》びました。／在公園遊玩。

・レストランで食事《しょくじ》をします。／在餐廳吃飯。

②表示所用的方法、手段、工具或原料，中文意思是用。

・木《き》で犬小屋《いぬごや》を作《つく》る。／用木材蓋狗屋。

③表示原因或理由，中文意思是因爲，由於。

・病気《びょうき》で欠席《けっせき》しました。／因病缺席了。

●注意事項：

＊表示地點時，往往會不知道要用に還是で，原則上に表示靜態的場所，で表示某一行為或動作所施行的場所。

5 格助詞と

接續	**①體言＋と** ・妹《いもうと》と映画《えいが》を見《み》る。／和妹妹去看電影。 **②短句、詞語＋と** ・田中《たなか》さんが「入《はい》ってちょうだい」といいました。／田中先生說：「請進來」。
用法	**①表示動作的對象或共同者，中文意思是和、同、和……一起。** ・自動車《じどうしゃ》と衝突《しょうとつ》する。／和汽車相撞。 ・お母《かあ》さんと出掛《でか》ける。／和媽媽出去。 **②表示比較的對象或基準，中文意思是和、同。** ・兄《あに》は弟《おとうと》と違《ちが》う。／哥哥和弟弟不一樣。 ・それはぼくのと同《おな》じだ。／那個和我的一樣。

用法

③列舉兩個以上的事物，表示並列，中文意思是和。

・バナナと葡萄《ぶどう》を下《くだ》さい。／請給我香蕉和葡萄。

・鉛筆《えんぴつ》と紙《かみ》を買《か》った。／買了鉛筆和紙。

④と接なる、する等表示變化的動詞，表示變化的結果，中文意思是成爲、變爲、變成、做爲、充當。

・水《みず》が氷《こおり》となる。／水變成冰。

・医者《いしゃ》となる。／當了醫生。

⑤と接言《い》う、思《おも》う、呼《よ》ぶ、考《かんが》える……等動詞，表示引用、指定、敘述或思考的內容。

・明日《あす》は帰《かえ》るだろうと思《おも》う。／我想明天會回來。

・あれは利根川《とねがわ》という川《かわ》です。／那是條叫做利根川的河。

●**注意事項：**

＊用法④的と和另一個格助詞に的意思相近，有時候可以互換，有時候不能互換，詳情請參考110頁。

6 格助詞に

接續

①體言＋に

・京都《きょうと》に行《い》く。／去京都。

②動詞連用形＋に

・友達《ともだち》が私《わたし》を呼《よ》びに来《き》た。／朋友來叫我了。

用法

①表示事物存在的狀態或場所，中文意思是在，有。

・父《ちち》は今日《きょう》は家《いえ》にいる。／父親今天在家。

・その本《ほん》は家《いえ》にある。／那本書在家裡。

②表示歸著點、到達點，中文意思是到。

・その晩《ばん》に京都《きょうと》に着《つ》きました。／當晚到了京都。

・東京駅《とうきょうえき》に着《つ》きました。／抵達東京車站。

③接在時間的體言下面，表示動作進行或發生的時間，中文意思是在。

・毎朝《まいあさ》六時《ろくじ》に起《お》きます。／每天早上六點起床。

用法

・朝八時《あさはちじ》に出掛《でか》ける。／早上八點出去。

④表示動作或作用的結果，中文意思是成爲、變成。

・米《こめ》が酒《さけ》になる。／米釀成酒。

・水《みず》が氷《こおり》になる。／水結成冰。

⑤表示動作或作用的目的，上面接動詞連用形或動詞性名詞。

・デパートへ買《か》い物《もの》に行《い》く。／去百貨公司購物。

・僕《ぼく》はお父《とう》さんと花火《はなび》を見《み》に行《い》きました。／我和爸爸去看放煙火。

⑥表示被動句的行為者、使役的對象，中文意思是被、讓、使。

・人《ひと》に笑《わら》われる。／被人恥笑。

・犬《いぬ》にかまれる。／被狗咬。

⑦表示比較的基準，中文意思是比……，等於……，離……遠（近）。

・CはDに等《ひと》しい。／C等於D。

・うちは会社《かいしゃ》に近《ちか》いです。／我家離公司近。

●**注意事項：**

＊に用在使役或被動時，要弄清楚主詞是使役者或被動者。

7 格助詞の

接續	用法
①體言＋の ・私《わたし》の読《よ》んだ本《ほん》／我讀的書。 **②副詞＋の** ・少《すこ》しの違《ちが》い／些許的不同。 **③助詞＋の** ・教室《きょうしつ》での討論《とうろん》／在教室的討論。	**①做連體修飾語用，表示事物的性質、狀態**，相當於中文的「**的**」。 ・小鳥《ことり》の声《こえ》／小鳥的聲音。 ・お父《とう》さんの時計《とけい》／父親的手錶。 **②接在體言的後面**，**代替表示主語的が**。 ・月《つき》のまるい夜《よる》／月圓的夜晚。 ・英語《えいご》の話《はな》せる人《ひと》／會說英語的人。 **③做形式名詞用**。 ・綺麗《きれい》なのを下《くだ》さい。／請給我漂亮的。 ・辛《から》いのが食《た》べたい。／想吃辣的。

8 格助詞より

接續	**體言＋より** ・僕《ぼく》より背《せ》が高《たか》い。／個子比我高。
用法	**表示比較的基準，中文意思是比。** ・あそこよりここの方《ほう》が静《しず》かだ。／這裡比那裡安靜。 ・彼《かれ》は私《わたし》より三《みっ》つ年上《としうえ》だ。／他比我大三歲。

● **注意事項：**

＊より的句型通常有兩種，一是AよりBが……，一是AはBより……，這時候由於より的位置不同，我們很難找出主詞在哪裡，最好的分辨法是先找出は或が，它上面的體言就是主語。

9 格助詞へ

接續

體言、形式名詞＋へ

• そこから左《ひだり》へ曲《ま》がってください。／請在那裡往左轉。

用法

①表示動作的方向，中文意思是往，向，到。

• 大阪《おおさか》へ向《む》かう。／往大阪去。

• どこへ行《い》きますか。／你要去哪裡？

②表示動作的到達點，中文意思是到。

• ここへ来《こ》い。／到這兒來！

• 早《はや》く席《せき》へ着《つ》きなさい。／請快點回座位上去。

③表示動作或行爲的對象，中文意思是給……，跟……。

• お母《かあ》さんへ手紙《てがみ》を書《か》く。／給媽媽寫信。

• これはあなたへ上《あ》げます。／這個給你。

●注意事項：

＊原則上へ是强調移動的方向，に是强調到達點。

第八章

副助詞

1 副助詞か

接續	
接續	①體言＋か ・誰《だれ》か来《き》たようです。／好像有人來了。 ②用言、助動詞終止形＋か ・するか、止《や》めるか早《はや》く決《き》めなさい。／做或不做請你快點決定。
用法	①一般接在疑問詞下面，表示不太肯定的語氣，中文意思是不知……，好像……。 ・ドアの外《そと》に誰《だれ》かいるみたいだ。／門外好像有人。 ・誰《だれ》かが呼《よ》んでいますよ。／好像有人在叫。 ②將兩種事物並列在一起，而選擇其一之意，中文意思是不是……就是……，還是，或者。 ・私《わたし》か、妹《いもうと》かが行《い》きます。／不是我去就是妹妹去。 ・行《い》くか、行《い》かないかを決《き》めてください。／去或不去，請做決定。

●注意事項：

＊か放在句末為終助詞，表示疑問或反駁。

＊表示選擇的か一般都用……か……か……的句型。

2 副助詞くらい（ぐらい）

接續	用法
①體言＋くらい ・歩《ある》くと駅《えき》まで三十分《さんじっぷん》ぐらいです。／步行到車站約要三十分。 ②用言連體形、助動詞連體形＋くらい ・少《すこ》し痛《いた》いくらい我慢《がまん》しなさい。／一點點痛，忍耐一下。	①表示大概的數量或程度，和ほど用法一樣，中文意思是大概，大約，上下，左右。 ・今日《きょう》は五《ご》キロぐらい走《はし》った。／今天跑了約五公里。 ・毎日《まいにち》だいたい七時間《しちじかん》ぐらい寝《ね》る。／每天大約睡7個小時。 ②表示舉一個例子來比喻其他事物的程度，中文意思是像……，如同……。 ・リンゴくらいの大《おお》きさです。／如蘋果般大小。 ・私《わたし》でも英語《えいご》くらいは読《よ》める。／即使是我，像英文多多少少也看得懂。

●注意事項：

＊くらい與ぐらい的意思及用法完全一樣，一般而言體言後面都喜歡用ぐらい。

＊在表示大概的數量或程度上，くらい的用法和ほど相同，一般都可以互換。

3 副助詞こそ

接續	用法
①體言＋こそ ・私《わたし》こそ失礼《しつれい》しました。／我才是對不起你。 **②副詞、助詞＋こそ** ・あなたがいたからこそ、みんなはそんなに言《い》うのです。／正因爲你在，大家才這麼說。	**表示加强語氣，中文意思是正是，就是，才是。** ・今度《こんど》こそ頑張《がんば》ろう。／這次可要好好加油。 ・これこそ本物《ほんもの》です。／這才是眞貨。

4 副助詞さえ

接續

①體言＋さえ

・新聞《しんぶん》さえ読《よ》む暇《ひま》がなかった。／連看報紙的時間都沒有。

②各種助詞＋さえ

・そんなものは犬《いぬ》や猫《ねこ》でさえ食《た》べない。／那種東西連貓、狗都不吃。

用法

①舉一個極端的例子，用以類推其他，中文意思是連……都，甚至……。

・水《みず》さえ喉《のど》に通《とお》らない。／連水都沒辦法喝。

・子供《こども》さえ読《よ》める漢字《かんじ》。／連小孩都會讀的漢字。

②表示添加，中文意思是而且，並且，連，甚至。

・君《きみ》さえそんま事《こと》を言《い》うのか。／連你也這麼說？

・風《かぜ》が酷《ひど》いうえに雨《あめ》さえ降《ふ》って来《き》た。／不但風大，而且還下起雨來了。

③表示限定一個條件，其他的就不管了，中文意思是只要……就……。

・静《しず》かでさえあるなら結構《けっこう》です。／只要安靜就好了。

・テレビさえあれば何《なに》もいらない。／只要有電視就可以了。

●注意事項：

＊③項表示限定的句子，下面一定要接ば。

5 副助詞しか

接續	用法
①體言、形式名詞＋しか ・五時間《ごじかん》しか寝《ね》ていない。／只睡了五個小時。 **②副詞、助詞＋しか** ・金《かね》は少《すこ》ししか持《も》ってこない。／只帶一點錢來。 **③動詞連體形、助動詞連體形、形容詞連用形、形容動詞連用形＋しか** ・それは売《う》るしか方法《ほうほう》がない。／除了賣以外沒有別的辦法。	**提出某一項事項，而否定其他，中文意思是只有。** ・もう五十円《ごじゅうえん》しか残《のこ》っていない。／只剩下五十元了。 ・この部屋《へや》には机《つくえ》が一《ひと》つしかない。／這個房間只有一張桌子。

●**注意事項：**

＊しか必需和ない相呼應使用，構成しか……ない的句型。

＊しか……ない和だけ的意思一樣，可以互換，但語氣還是有點不同，だけ只做一般的敘述，しか……ない則含有出乎意料的意思。注意，しか……ない是表示肯定的意思。

＊形容詞連用形、形容動詞連用形＋しか的用法，現今較不常用。

6 副助詞だけ

接續	用法
①體言＋だけ ・一《ひと》つだけ買《か》った。／只買了一個。 **②用言連體形、助動詞連體形＋だけ** ・見《み》るだけなら構《かま》わない。／只是看的話沒關係。 **③副詞、助詞＋だけ** ・姉《ねえ》さんにだけ秘密《ひみつ》を明《あ》かす。／只跟姊姊說祕密。	**①表示事物的數量或程度，中文意思是只，僅僅。** ・私《わたし》だけが知《し》っている。／只有我知道。 ・あの人《ひと》だけに言《い》った。／只跟他說。 **②表示事物最高、最大的限度，中文意思是所有，盡，這點，這些。** ・これだけあれば沢山《たくさん》だ。／有了這些就足夠了。 ・それだけ話《はな》せれば十分《じゅうぶん》だ。／能說這些就夠了。

● **注意事項：**

＊だけ的用法和另一個副助詞ばかり一樣，在一般情況下可以替換使用，請參考127頁。

＊だけ經常和できる重疊使用，構成慣用句できるだけ，中文意思是盡量。

7 副助詞 でも

接續	用法
①體言＋でも ・小学生《しょうがくせい》でも知《し》っている。／連小學生都知道。 **②副詞、格助詞＋でも** ・どこへでも行《い》くよ。／不管哪裡都去！	**①表示類推，中文意思是連……也，那怕……也。** ・それ位《くらい》は子供《こども》でも知《し》っている。／那種小事連小孩都知道。 ・誰《だれ》でもいいから、すぐ来《き》てください。／不管是誰都行，請來一下。 **②表示大致的範圍和類別，用以類推其他，中文意思是……之類，……什麼的，或者。** ・映画《えいが》でも見《み》にいきませんか。／要不要去看電影什麼的？ ・ジュースでも飲《の》みたい。／眞想喝點果汁什麼的！

8 副助詞など

接續	用法
①體言＋など ・太郎《たろう》君《くん》や次郎《じろう》君《くん》など遊《あそ》んでいる。／太郎、次郎等正在玩耍。 **②用言連體形、助動詞連體形＋など** ・朝寝《あさね》するなどは悪《わる》い。／早上睡覺可不好。	**①在許多事物中舉出主要的一種以類推其他，中文意思是……之類，……什麼的。** ・ジュースなど飲《の》みませんか。／你不喝點果汁什麼的嗎？ ・今《いま》ごろ西瓜《すいか》などはありません。／現在這個時候沒有西瓜之類的東西。 **②表示概括，通常都用……や……や……など的句型，中文的意思是……等。** ・西瓜《すいか》やバナナなど沢山《たくさん》買《か》った。／買了很多西瓜、香蕉等。 ・かれは英語《えいご》や日本語《にほんご》など話《はな》すことが出来《でき》る。／他會說英語、日語等語言。

9 副助詞なり

接續	**①體言＋なり** ・お茶《ちゃ》なり何《なん》なりお飲《の》みなさい。／請喝點茶什麼的。 **②用言終止形＋なり** ・行《い》くなり、止《や》めるなり決《き》めなさい。／請決定去或不去。
用法	**從幾種事物中選擇其中之一，中文意思是……或……，也好……也好。** ・父《ちち》なり、母《はは》なりと相談《そうだん》しなさい。／請跟爸爸或媽媽商量。 ・お茶《ちゃ》なり、コーヒーなりください。／請給我茶或咖啡。

●**注意事項：**

＊なり也有哪怕……也好之意，用法和でも一樣。

10 副助詞は

接續	用法
①體言、形式名詞＋は ・雪《ゆき》は白《しろ》い。／雪是白的。 ②用言連用形＋は ・行《い》きはしたが間《ま》に合《あ》わなかった。／去是去了，但是趕不上。 ③副詞、助詞＋は ・富士山《ふじさん》にはまだ登《のぼ》っていない。／還沒有爬過富士山。	①在衆多的事物中，把所要講的事物提出來，當主題或主語，中文意思無法譯出。 ・これは私《わたし》の本《ほん》です。／這是我的書。 ②表示敍述的主題。 ・赤《あか》い花《はな》はないの。／沒有紅色的花嗎？

用法	
・太陽《たいよう》は東《ひがし》から昇《のぼ》る。／太陽從東邊出來。 ・年月《としつき》は流《なが》れる水《みず》のようだ。／歲月如梭。 ③**表示加强語氣**。 ・聞《き》きはしたが返事《へんじ》がなかった。／問是問了，但沒回答。	●**注意事項**： ＊對國人而言，は跟が的用法實在很難區別，大體上來講，若聽話者已知道敘述的事物，一般用は，未知時用が。 ＊は表示大主題，が表示小主題。 ＊は接在副助詞下可以幫助加强語氣。 ＊敘述眼前的事物一般用が，而關於事實的推斷、敘述等一般都用は。 ＊が只能接在體言或形式名詞的下面。 ＊疑問詞主語下面用が，答話主語下面也要用が，而主語下面用は時，答話的主語下面也要用は。

11　副助詞ばかり

接續	用法
①體言＋ばかり ・朝《あさ》から三時間《さんじかん》ばかり待《ま》っていた。／從早上起等了三個多鐘頭。 **②副詞、助詞＋ばかり** ・少《すこ》しばかり聞《き》きたいことがあります。／我有點事要問你。 **③用言連體形、助動詞連體形＋ばかり** ・言《い》うばかりで実行《じっこう》しない。／光說不練。	**①表示大概的數量或程度，中文意思是大概，大約，上下，左右。** ・一《いち》メートルばかりの大《おお》きさ。／大約一公尺左右的大小。 ・五本《ごほん》ばかり下《くだ》さい。／請給我五支左右。 **②表示事物的範圍或界限，中文意思是只，光，淨。** ・ただ美《うつく》しいばかりで物足《ものた》りない。／光是漂亮並不能讓人滿意。 ・自分《じぶん》のことばかり考《かんが》えている。／只顧慮到自己。

●**注意事項：**

＊①的ばかり接在數目下面時和ほど、くらい的意思一樣。

＊②的ばかり跟だけ的意思一樣。

12　副助詞ほど

接續

①**體言＋ほど**

・今日《きょう》は昨日《きのう》ほど寒《さむ》くない。／今天不像昨天那麼冷。

②**用言連體形＋ほど**

・かめばかむほど味《あじ》が出《で》る。／愈嚼愈有味。

用法

①**表示大致的數量或程度，中文意思是大概，大約，左右，上下，幾乎。**

・駅《えき》まで三《さん》キロほどあります。／到車站約有三公里左右的距離。

・まだ十人《じゅうにん》ほど残《のこ》っている。／還剩下約十個人。

②**藉其它事物的特徵來比喻某事物所到達的程度，中文意思是像……，甚至。**

・雪《ゆき》ほど白《しろ》い。／像雪般白。

・泣《な》きたいほど痛《いた》い。／痛得幾乎要哭出來了。

●**注意事項：**

＊ほど只能接在少數助動詞下面，如ない、たい等。

＊ほど經常和ば構成ば……ほど的慣用句，中文意思是越……越……。

＊ほど和ない構成慣用句……ほど……ない，中文意思是不像……那樣。

＊接在數目下表示大概的程度，可用くらい、ばかり代替。

13 副助詞まで

接續	用法
①體言＋まで ・夜中《よなか》まで待《ま》った。／等到半夜。 **②用言連體形、助詞＋まで** ・夜《よる》の明《あ》けるまで勉強《べんきょう》していた。／讀書讀到天亮。	**①表示動作、時間、場所的終點，中文意思是到，到達，到……爲止。** ・ここまで持《も》ってきてくれ。／拿到這兒來！ ・駅《えき》まで歩《ある》くと十《じゅう》五分《ごふん》かかります。／走到車站要花十五分鐘。 **②表示類推、添加之意，與さえ的意思一樣，中文意思是連……也，甚至……。** ・子供《こども》にまで笑《わら》われる。／甚至被小孩嘲笑。 ・大降《おおぶ》りでシャツまでずぶぬれだ。／下大雨，連襯衫都濕透了。

14 副助詞も

接續	用法
①體言、形式名詞＋も ・母《はは》も行《い》きます。／媽媽也去。 **②用言連用形＋も** ・別《べつ》に嬉《うれ》しくも悲《かな》しくもありません。／既不高興也不悲傷。 **③副詞、接續詞、助詞＋も** ・気温《きおん》が三十度《さんじゅうど》にもなった。／氣溫達到了三十度。	**①提示兩個或兩個以上的事物表示並列或共同存在，中文意思是不論……還是……，不論……，既……也……。** ・私《わたし》は新聞《しんぶん》も雑誌《ざっし》も読《よ》まない。／我既不看報紙也不讀雜誌。 ・蜜柑《みかん》も梨《なし》も柿《かき》もある。／有橘子、梨和柿子。

用法

②從同種事物中舉出一個有代表性的事物，用以類推其他，中文意思是也……。

• 手《て》も足《あし》も汚《よご》れてしまった。／手跟腳都髒了。

• 母《はは》も行《い》きます。／媽媽也去。

③表示加强語氣，中文意思是連……也……，竟……。

• バスが十五分《じゅうごふん》も遅《おく》れた。／巴士竟慢了十五分。

• 三日間《みっかかん》も山《やま》の中《なか》をさ迷《まよ》った。／在山中迷路了三天之久。

④接在疑問詞的下面，表示全面地否定或肯定，中文意思是全部，什麽也……。

• 箱《はこ》の中《なか》にはなにもない。／箱內什麼都沒有。

• どこへも行《い》かない。／哪兒都不去。

●注意事項：

＊一般而言格助詞が不能與も重疊。

15 副助詞やら

接續

①體言、疑問詞＋やら

- 何《なに》やら話《はな》している。／不知在說些什麼。

②用言連體形、助動詞連體形＋やら

- 来《く》るやら、来《こ》ないやらさっぱりわかりません。／不知來還是不來。

用法

①表示不確定，中文意思是不知……，好像……。

- 誰《だれ》やら来《き》た。／好像有人來了。
- 何《なに》やら書《か》いている。／不知在寫些什麼。

②表示並列，中文意思是……啦……啦，……和……。

- 本《ほん》やら、ノートやら沢山《たくさん》買《か》った。／買了很多書啦、筆記本。
- 長《なが》いのやら、短《みじか》いのやらいろいろある。／長的啦、短的啦，各式各樣都有。

●注意事項：

＊①的やら與另一個副助詞か用法相同。

第九章

接續助詞

1 接續助詞が

接續	用法
①用言終止形＋が ・運動《うんどう》もするが勉強《べんきょう》もする。／也運動，也讀書。 **②助動詞終止形＋が** ・努力《どりょく》したが、駄目《だめ》だった。／雖然努力但還是失敗。	**①逆態的確定條件，表示前項已經是確定的事實，但後項卻出現了與預料相反的情況，中文意思是雖然……可是。** ・鯨《くじら》は海《うみ》に住《す》んでいるが、魚《さかな》ではない。／鯨魚雖然住在海裡，但它不是魚。 ・呼《よ》んだが、聞《き》こえていない。／雖然叫了，可是他沒聽到。 **②表示單純的接續，沒有其他的作用，中文譯不出來，但有時候也可譯做不過，而。** ・長崎《ながさき》の夜景《やけい》を見《み》たが、美《うつく》しいですね。／我看過長崎的夜景，很漂亮呢！

・私《わたし》は田中《たなか》ですが、何《なに》か御用《ごよう》でしょうか。／我是田中，您有什麼事嗎？

③舉出兩個相反的事實，表示列舉或對比關係，中文意思是雖然……可是。

・あの男《おとこ》には夢《ゆめ》はあるが、実行力《じっこうりょく》がない。／他有夢想，但不付諸行動。

・タバコはあるが、マッチがない。／有香煙，但沒有火柴。

●注意事項：

＊接續助詞が的接續關係、用法、意思跟另一個接續助詞けれども基本上都一樣，但是が的語感要比けれども硬些，所以較常出現在文章裡，而日常談話時男性也比較喜歡用。

2 接續助詞から

接續	用法	
①用言終止形＋から ・今《いま》行《い》くから、待っていてください。／我現在就去，請等我。 ②助動詞終止形＋から ・疲《つか》れたからお休《やす》みします。／因為疲累，所以請假。	表示說話者的主觀原因、理由，中文意思是因爲……，所以……。 ・もう遅《おそ》いからお休《やす》みなさい。／已經很晚了，休息吧！ ・日本《にほん》の冬《ふゆ》は寒《さむ》いから嫌《きら》いだ。／日本的冬天寒冷，所以不喜歡。	●注意事項： ＊から是接續助詞，連接前後兩項，後項除了陳述說話人主觀判斷外，還可以表示說話人的意志、主張、推測、禁止、命令、質問等，這時候ので和から就不能互換了。

3 接續助詞 けれど（けれども）

接續	用法
①用言終止形＋けれど（も） ・欲《ほ》しいけれども、お金《かね》がないから買《か》えません。／雖然想，但沒錢所以不能買。 **②助動詞終止形＋けれど（も）** ・飛《と》べないけれども泳《およ》げるよ。／雖然不能飛，但是會游泳。	**①逆態的確定條件，表示前項已經是確定的事實，但後項卻出現了與預料相反的情況，** **中文意思是雖然……可是……。** ・少《すこ》し寒《さむ》いけれども我慢《がまん》しよう。／雖然有點冷，但是忍耐些吧！ ・降《ふ》っているけれど、小雨《こさめ》です。／雖然下著雨，但是不大。 **②表示單純的接續，沒有其他的作用，中文無法譯出。**

・私《わたし》は田中《たなか》ですけど、山田《やまだ》先生《せんせい》はいらっしゃいますか。／我是田中，請問山田老師在家嗎？

・高価《こうか》だけれど、質《しつ》がよい。／價錢雖貴，但品質也很好。

③舉出兩個相反的事實，表示列舉或對比關係，中文意思是雖然……可是。

・夏《なつ》は日《ひ》は長《なが》いけれど、冬《ふゆ》は短《みじか》い。／夏天雖然日長，可是冬天日短。

・鶴《つる》の足《あし》は長《なが》いけれど、鴨《かも》の足《あし》は短《みじか》い。／鶴的脚長，可是鴨的脚短。

●注意事項：

＊けれども也可以説成けれど、けど、けども，一般而言婦女或較鄭重的談話場合多用けれども，而一般談話則用けれど、けど、けども。

4 接續助詞 し

接續	用法
①用言終止形＋し ・色《いろ》もよいし、形《かたち》もよい。／色彩很美，形狀又好。 **②助動詞終止形＋し** ・雨《あめ》には降《ふ》られるし、バスは込《こ》んだし、さんざんだった。／被雨淋到，公車又擠，真倒霉。	**表示前後並列，中文意思是既……又……，而且，也……也……。** ・彼《かれ》は英語《えいご》も分《わ》かるし、日本語《にほんご》もできる。／他既會英語也會日語。 ・雨《あめ》も降《ふ》るし、風《かぜ》も吹《ふ》く。／既下雨又颳風。

5 接續助詞たり（だり）

接續	用言連用形＋たり • 読《よ》んだり、書《か》いたりする。／又讀又寫。
用法	表示兩種動作或兩種狀態並列，中文意思是又……又……，有時……有時……，一會……一會……。 • 雨《あめ》が降《ふ》ったり止《や》んだりする。／雨下下停停的。 • 昨日《きのう》買《か》い物《もの》したり、映画《えいが》を見《み》たりしました。／昨天又是買東西又是看電影的。

● 注意事項：

＊たり一般用……たり……たりする的形式。

6 接續助詞て（で）

接續	**①用言連用形、助動詞連用形＋て** ・夏《なつ》は涼《すず》しくて冬《ふゆ》は暖《あたた》かい。／夏涼冬暖。
用法	**①單純的接續，表示動作、狀態的並列、對比，中文意思是而，而且，並且。** ・大《おお》きくて黒《くろ》い。／大且黑。 ・赤《あか》くて美《うつく》しい花《はな》／紅又漂亮的花。 **②連結上、下兩個動作或狀態，表示動作的繼續或演變，中文意思很難譯出，勉強可以譯做……後。** ・図書館《としょかん》で本《ほん》を借《か》りて、うちへ帰《かえ》った。／在圖書館借了書後，回家去了。 ・朝《あさ》ご飯《はん》を食《た》べて、新聞《しんぶん》を読《よ》んだ。／吃完早餐後，看了報紙。

用法

③接いる、ある、みる……等補助動詞，幫助敘述，中文意思要根據後續的動詞或形容詞來翻譯。

• 雨《あめ》が降《ふ》っている。／正下著雨。

• 数《かぞ》えてみよう。／數數看。

④表示動作、作用的原因、理由，相當於中文的因爲，由於。

• 教室《きょうしつ》で騒《さわ》いで叱《しか》られた。／因為在教室喧鬧，所以被罵了。

• 一日中勉強《いちにちじゅうべんきょう》して疲《つか》れた。／因為整天讀書，所以很累。

● **注意事項：**

＊て不能接在形容動詞後面，接續時，直接使用形容動詞的連用形即可。

＊②的て相當於連用形的中頓法，如果省略て，改用逗點代替，整個句子意思不變。

＊④的て含有から、ので的意思。

7 接續助詞 て（でも）

接續	用法
①形容詞連用形、動詞連用形、助動詞連用形＋ても（でも） •いくら呼《よ》んでも、まだ来《こ》ない。／不管怎麼叫，他還是不來。 ②體言、形容動詞語幹＋ても（でも） •丈夫《じょうぶ》でも、そんなに長《なが》くは使《つか》えないだろう。／即使結實，也沒辦法用那麼久吧！	**①逆態的假定條件，表示不管前項如何，後項也會出現與預期相反的情況，中文意思是即使……也，縱然……也……，無論……也。** •謝《あやま》っても、許《ゆる》してくれないでしょう。／即使道歉了，他也不會原諒我吧！ •今《いま》さら後悔《こうかい》しても無駄《むだ》でしょう。／事到如今後悔也無濟於事吧！ **②逆態的確定條件，表示無論怎樣進行前項，後項也會出現與預期相反的情況，中文意思是無論……也，雖然……也，儘管……也……。**

• どんなに説明《せつめい》しても意味《いみ》がわからなかった。／無論如何說明也不懂。

• いくら呼《よ》んでも返事《へんじ》をしません。／無論怎麼喊他，他也不回答。

● **注意事項：**

＊表示逆態確定條件的ても，一般講已經完了或過去的事情。

＊ても接在ナ行、マ行、ガ行、バ行等五段活用詞下面時要改成でも。

8　接續助詞と

接續	用法
①動詞終止形＋と ・雪《ゆき》が降《ふ》ると寒《さむ》くなる。／一下雪天就變冷了。 ②助動詞終止形＋と ・早《はや》く行《い》かないと遅刻《ちこく》する。／如果不早點去就會遲到。	①順態的假定條件，表示如果前項情況出現，那麼就可能會（該）～，中文意思是如果……就……，一……就，若……就……。 ・早《はや》く行《い》かないと遅刻《ちこく》する。／如果不早點去就會遲到。 ・ゆっくり読《よ》むと分《わか》るだろう。／如果慢慢的看就會懂吧！ ②順態的確定條件，表示前項情況既然成立，那麼後項就一定會如何，中文意思是既然……就……，一……就……。 ・梅雨時《つゆどき》にうると雨《あめ》が多《おお》くなる。／一到梅雨時期，雨就會變多。 ・秋《あき》になると涼《すず》しくなる。／一到秋天，氣候就會變涼。

● **注意事項：**

＊接續助詞と、ば不論是在用法或意思上都很相近，有時候還可以替換使用，不過と多用於敘述客觀的事實，ば則多用於表達主觀意識。

9 接續助詞 ながら

接續	①用言連用形＋ながら ・歩《ある》きながら本《ほん》を読《よ》む。／邊走邊看書。 ②形容動詞語幹、體言、形容詞終止形＋ながら ・ここは田舎《いなか》ながら交通《こうつう》が大変便利《たいへんべんり》だ。／這裡雖然是鄉村，交通卻非常便利。
用法	①表示前後兩個動作同時進行，中文意思是一面……，邊……邊……。 ・食事《しょくじ》をしながら話《はな》す。／邊吃飯邊講話。 ・歌《うた》を歌《うた》いながら、部屋《へや》を掃除《そうじ》する。／邊唱歌邊打掃房間。 ②逆態接續，表示前後兩種情況不相稱，中文意思是雖然……可是。 ・知《し》っていながら、教《おし》えてくれない。／明明知道卻不告訴我。 ・不愉快《ふゆかい》に思《おも》いながら顔《かお》には出《だ》さない。／雖然不高興，可是沒有表現在臉上。

●注意事項：

＊②的ながら有時會與助詞も重疊使用，起加强語氣的作用。

＊ながら不能接在形容動詞的後面。

10　接續助詞のに

接續	用法
用言連體形＋のに • 早《はや》く来《こ》いというのに、まだこない。／叫他早點來卻還沒來。 • 暇《ひま》なのに来《き》てくれない。／有時間卻不來。	**逆態的確定條件，用意外、不滿、指責的口氣來表達前後兩件事不一致，中文意思是可是，偏偏，卻，反而。** • 今日《きょう》は日曜日《にちようび》なのに人出《ひとで》が少《すく》ない。／今天是星期天，卻很少人出來。 • 寒《さむ》いのに、上着《うわぎ》を着《き》ない。／天冷卻沒穿外套。

● **注意事項：**

＊のに如果放在最後，是屬於終助詞，用來表示對結果感到意外、不滿，並含有遺憾、無可奈何的、婉惜的意思。

＊格助詞の＋格助詞に構成のに，有ものに的意思，但和這裏的接續助詞のに意思不一樣。

11 接續助詞ので

接續	①用言連體形＋ので ・最近《さいきん》は忙《いそが》しいので掃除《そうじ》ができない。／最近很忙，所以都沒辦法打掃。 ②助動詞連體形＋ので ・月《つき》が出《で》ていないので道《みち》は暗《くら》い。／因為沒有月光，所以道路幽暗。
用法	**順態接續，表示原因或理由，中文意思是因爲……所以。** ・バスが来《こ》なかったので、タクシーで行《い》きました。／因爲公車沒來，所以搭計程車去。 ・風邪《かぜ》を引《ひ》いたので寝《ね》ている。／因爲感冒，所以躺在床上。

●**注意事項：**

＊ので和另一個接續助詞から用法幾乎相同，國人常常容易混淆，使用時應該把握一個原則：から表示説話人主觀的判斷，ので表示客觀因素，多用來敍述因爲有了前項原因，所以才會產生後項結果，通常用在自然現象、物理現象等事物的因果關係上，當要表現説話人的主觀觀念時，不可以使用ので。

12 接續助詞ば

接續	用法
用言假定形＋ば ・風《かぜ》が吹《ふ》けば、木《こ》の葉《は》が落《お》ちる。／颱風的話，樹葉就會掉下來。	**①順態的假定條件，表示如果前項情況出現，那麼就會（該）～，中文的意思是如果……就……，若……就……。** ・午後《ご》雨《あめ》が降《ふ》ればどこへも行《い》きません。／下午如果下雨，就不出去了。 ・寒《さむ》ければコートを着《き》なさい。／如果冷就穿上大衣。 **②順態的確定條件，表示前項既然成立，那麼後項就會～，中文意思是是既然……就……，一……就……。** ・風《かぜ》が吹《ふ》けば、波《なみ》が立《た》つ。／一颱風就起浪。 ・秋《あき》が来《く》れば、木《こ》の葉《は》が落《お》ちる。／秋天一到，樹葉就會掉落。

第十章

終助詞

1 終助詞か（かい）

接續	用法
①用言終止形、助動詞終止形＋か ・そんなことあるか。／哪有那種事！ **②體言、副詞、助詞＋か** ・あの人《ひと》は誰《だれ》か。／那個人是誰？	**①表示疑問，中文意思是……嗎？、……？** ・これは誰《だれ》の帽子《ぼうし》ですか。／這是誰的帽子？ ・あなたも行《い》きますか。／你也去嗎？ **②表示反問，中文意思為不是……嗎？、哪有……的？** ・そんなことがあるが。／哪有那樣的事！ ・私《わたし》が知《し》っているものですか。／我怎會知道！ **③以感嘆的心情自問自答，中文意思是……啦！、嗎！** ・もう十二時《じゅうにじ》か。／怎麼，已經十二點啦！ ・ああ、今日《きょう》も雨《あめ》か。／啊，今天也下雨嗎！

●**注意事項：**

＊為了加強語氣，可以對同輩或晚輩說かい，但不能對長輩用かい。

＊斷定助動詞だ或形容動詞語尾だ的後面不能接か。

2 終助詞かしら

接續

①用言終止形、助動詞終止形＋かしら

・あれでいいかしら。／那樣可行？

②體言、副詞、助詞＋かしら

・彼《かれ》は元気《げんき》かしら。／他好嗎？

用法

①表示疑問或質問，中文意思是……嗎？

・このバスは空港《くうこう》へ行《い》くかしら。／這巴士是往機場去的嗎？

・あら、雨《あめ》かしら。／啊，下雨了嗎？

●注意事項：

＊かしら主要是女性用語，男性不大使用。

3 終助詞かな

接續	用法
①動詞連體形、助動詞連體形＋かな • うまく掛《か》けるかな。／不曉得有沒有掛好？ **②體言、形式名詞＋かな** • あれはお姉《ねえ》さんかな。／那個人是姊姊吧？	**①表示自言自語的疑問語氣，中文意思是……呢，……吧？** • なにを相談《そうだん》しているかな。／在商量什麼呢？ • 誰《だれ》が来《き》たかな。／是誰來了呢？ **②表示自己的願望、希望，常以……ないかな的形式出現，中文意思是怎麼還不……呢？** • 早《はや》く、明日《あした》にならないかな。／明天怎麼還不快點到呢？

4 終助詞さ

接續	用法	
①形容詞終止形、動詞終止形、助動詞終止形＋さ • 僕《ぼく》も行《い》くさ。／我也去！ ②體言、副詞、形容助詞語幹＋さ • ここは学校《がっこう》さ。／這兒是學校！	①表示斷定或强調自己的主張，中文意思是，……吧！ • そんなことあたりまえさ。／那樣的事是理所當然的。 • 大丈夫《だいじょうぶ》さ。／不要緊！ ②表示反問、責備，中文意思是……呀，……啊！ • どうして行《い》かないのさ。／爲什麼不去呀？	●注意事項： ＊さ主要適用於男性對親密朋友的談話，不可以用在長輩身上。 ＊女性通常不用さ。

5 終助詞 ぞ

接續	用法	
①用言終止形、動詞終止形＋ぞ ・そら、行《い》くぞ。／喂，要去囉！	①用來提醒對方注意，中文意思是……啦、……囉！ ・ほら、試合《しあい》が始《はじ》まるぞ。／喂，比賽要開始囉！ ・おい、ここにいるぞ。／喂，在這裡啦！ ②表示斷定，中文的意思是……喔！ ・犬《いぬ》にかまれるぞ。／會被狗咬喔！	●注意事項： ＊ぞ是男性用語，女性不用。 ＊ぞ只能對親密的人或對下屬、晚輩使用。

6　終助詞とも

接續	用法
①用言終止形、助動詞終止形＋とも ・分《わ》かってますとも。／當然知道。	接在句尾，表示十分肯定的語氣，中文意思是當然、一定。 ・勿論《もちろん》そうだとも。／當然是這樣的。 ・平気《へいき》ですとも。／當然不介意。

7 終助詞の

接續

用言連體形、助動詞連體形＋の

・まだ痛《いた》いの。／還疼嗎？

用法

表示詢問的語氣，中文的意思是……嗎？

・今《いま》、何時《なんじ》なの。／現在幾點？

・雨《あめ》は止《や》んだの。／雨停了嗎？

●**注意事項：**

＊説話時，の的語調要往上提。

8 終助詞な（なあ）

接續

①用言終止形、助動詞終止形＋な

・大変《たいへん》寒《さむ》いな。／好冷啊！

用法

①接在動詞終止形、助動詞終止形後面，表示禁止，中文的意思是不要、別。

・君《きみ》は何《なに》も言《い》うな。／你什麼都別說。

・二度《にど》とするな。／可不許再做了。

②接在用言終止形後面，表示感嘆、感動，中文意思是……啊！

・大変《たいへん》寒《さむ》いな。／好冷啊！

・嬉《うれ》しいな。／好高興啊！

接在用言終止形後面，表示強烈的願望，中文意思是該多好啊！

・早《はや》く夏休《なつやす》みになるといいなあ。／暑假早一點到該有多好啊！

●注意事項：

＊為了加強語氣，な通常會說成なあ。

9 終助詞ね（ねえ）

接續	用法
①助動詞終止形＋ね ・そうですね。／是啊！ ②用言終止形＋ね ・とても美味《おい》しいね。／非常好吃啊！	①表示感嘆，中文意思是……啊，……呀！ ・いい天気《てんき》ですね。／眞是好天氣啊！ ・綺麗《きれい》な花《はな》ですね。／好漂亮的花啊！ ②表示徵求對方同意或催促對方回答，中文意思是……啊，……吧，……嗎？ ・それでよろしいですね。／這樣可以嗎？ ・もう悪戯《いたずら》はしないね。／不要再惡作劇了好嗎？

③表示疑問、質問，或向對方打聽某事是否屬實，中文意思是……呢，……嗎？

・どうだね。／如何呢？

・雨《あめ》は止《や》んだかね。／雨停了嗎？

④加强語氣，促使對方注意，中文意思是我啊，……啊。

・わたしはね、こう思《おも》うのよ。／我啊，是這麼想的呢！

●**注意事項：**

＊ねえ和ね的意思相同，但ねえ的語氣比ね强。

10 終助詞 ものか

接續	用言連體形＋ものか • そんな事《こと》知《し》るものか。／我哪會知道那種事呢！
用法	**表示反駁或强烈的否定，中文意思是哪會……呢，哪有……呢，哪能……呢。** • 動《うご》くものか。／哪能動呢？ • あの人《ひと》に負《ま》けるものか。／我哪會輸給那個人！

11 終助詞 こと

接續	用言終止形、助動詞終止形＋こと • まあ、綺麗《きれい》な花《はな》ですこと。／啊，好漂亮的花！
用法	表示感嘆，中文的意思是……啊，……呀！ • いいにおいだこと。／好香啊！ • 立派《りっぱ》なお庭《にわ》ですこと。／好漂亮的庭院啊！

● 注意事項：

＊こと主要用於女性之間的談話。

12 終助詞よ

接續

①用言終止形、助動詞終止形＋よ

- わたしは行《い》きませんよ。／我不去喔！

②體言、形容動詞語幹＋よ

- 私《わたし》の小遣《こづか》いは十円《じゅうえん》よ。／我的零用錢才十圓呢！

③命令形＋よ

- 早《はや》く帰《かえ》れよ。／早點回去吧！

用法

①表示肯定或斷定，中文意思是……呢，……啊！

- もう十時《じゅうじ》ですよ。／已經是十點了呢！
- そこは危《あぶ》ないよ。／這裡很危險啊！

②表示勸誘或請求，中文意思是……啊，……吧！

・疲《つか》れたな、少《すこ》し休《やす》もうよ。／好累喔，休息一下吧！

③表示疑問、質問，中文意思是……呢，……啊！

・どこへ行《い》くんだよ。／到哪兒去啊？

④表示輕微的命令或強行委託別人，中文意思是……吧，……啊！

・早《はや》く帰《かえ》れよ。／早點回去吧！

・そんなことをするなよ。／別做那種事啊！

●注意事項：

＊よ的命令用法比較粗俗，主要用於男性對親密的友人或晚輩用。

13 終助詞わ

接續	用法
①用言終止形、助動詞終止形＋わ ・私《わたし》、分《わ》からないわ。／我不知道啊！	①表示斷定、肯定的語氣，中文意思是……啊，……呀！ ・私《わたし》行《い》かないわ。／我可不去啊！ ・きっと見《み》えるわ。／一定會看到啊！ ②表示感嘆、驚奇，中文意思是……呀！ ・あら、綺麗《きれい》だわ。／啊，好漂亮呀！ ・本当《ほんとう》に嬉《うれ》しいわ。／好高興啊！

●注意事項：

＊わ主要是女性用語，老年人常用わい。

＊用わよ或わね（え）時，主要是在徵求對方的同意或把自己的想法説給別人聽。

第十一章 句子

1 語言的單位

在日語裡，語言是由單語→文節→文構成的，而什麼是單語、文節、文呢？分析如下：

單語	語言最小的單位，如犬《いぬ》 は 動物《どうぶつ》 だ
文節	再細分下去就無法表達出意思的句節，如犬《いぬ》は 動物《どうぶつ》だ。
文	可以表達一個完整的句子，如犬《いぬ》は動物《どうぶつ》だ。

●注意事項：

＊有時候只要意思完整，一個單語也可以構成一個文（句子），如よせ（別做）。

2 句子的成分

日語句子是由文節構成的，每個文節在句子裡有不同的作用，有些是用來當主語，有主詞的作用，有些是修飾作用，這些在句中承擔不同作用的文節，我們稱爲句子成分，下面爲各位介紹句子的基本成分。

句子的基本成分	
主語	在句中表示主題或題目的文節。 ・花《はな》が咲《さ》いた。／花開。（主語） ・人生《じんせい》は短《みじか》い。／人生苦短。（主語）
述語	在句中針對主語或主題做說明或陳述作用的文節。 ・私《わたし》は行《い》かない。／我不去（述語） ・花《はな》が咲《さ》いた。／花開（述語）
修飾語	**連用修飾語**：修飾用言（動詞、形容詞、形容動詞）的文節。

句子的基本成分		
修飾語	連用修飾語	・花《はな》が美《うつく》しく咲《さ》いた。／花開得很漂亮。
	連體修飾語：修飾體言（名詞、形式名詞）的文節。	連體修飾語 ・美《うつく》しい花《はな》が沢山《たくさん》咲《さ》いた。／開了很多美麗的花。
目的語	他動詞的動作所波及或支配的對象。	目的語 ・本《ほん》を読《よ》む。／讀書。 目的語 ・映画《えいが》を見《み》る。／看電影。
補語	幫述語做補充說明的文節。	補語 ・私《わたし》は七時《しちじ》に出《で》ます。（我七點出門）

3 句子的構成

一般而言，句子是由主語、述語、修飾語、補語等構成，其關係如下：

主述關係	•鳥《とり》が　飛《と》ぶ。／鳥飛。 主語　述語 •美《うつく》しい花《はな》が　沢山《たくさん》咲《さ》いた。／開了很多美麗的花。 主語　述語
修飾關係	•美《うつく》しい　花《はな》が沢山《たくさん》咲《さ》いた。／開了很多美麗的花——連體修飾語 修飾語　被修飾語 •美《うつく》しい花《はな》が沢山《たくさん》　咲《さ》いた。／開了很多美麗的花——連用修飾語 修飾語　被修飾語
對等關係	•地理《ちり》と国語《こくご》の参考書《さんこうしょ》／地理跟國語的參考書。 對等關係 •目的《もくてき》も方法《ほうほう》も正《ただ》しいのに失敗《しっぱい》した。／目的跟方法都正確，但失敗了。 對等關係
補助關係	•風《かぜ》が吹《ふ》いて　いる。／風正吹著。 補助語　被補助語 •本《ほん》を貸《か》して　ください。／請借我書。 補助語　被補助語

4 句子的種類(一)

日語的句子從不同的角度可以做不同的分類。

①從構造上來分類可分爲單文（**單句**）、**複文**（**複句**）。

單文	句子裡只有一層主、述關係的句子。	•花《はな》が　咲《さ》く。／花開。 主語　述語 •美《うつく》しい花《はな》が　沢山《たくさん》咲《さ》く。／許多美麗的花盛開。 主語　述語
複文	句子裡有兩層或兩層以上的主、述關係的句子。	•雨《あめ》が　降《ふ》ったので、道《みち》が　悪《わる》い。／因爲下雨，所以道路狀況不佳。 主語　述語　主語　述語

②從意思上來分類可分爲平述句、**疑問句**、**命令句**、**感動句**。

	用來判斷或敍述一件事物的句子。

平述句	**斷定句**——雨《あめ》が降《ふ》る。／下雨。	
	否定句——私《わたし》は行《い》かない。／我不去。	
	推量句——明日《あした》はいい天気《てんき》だろう。／明天會是好天氣吧！	
	意志句——これから毎朝六時《まいあさろくじ》に起《お》きよう。／從現在起每天早上六點起床吧！	
疑問句	用來表示疑問或反問的句子。	**疑問**——あれはなんですか。／那是什麼？
		反問——そんなことがあるものか。／哪有這種事？
命令句	說話者命令對方做某事或做某種活動的句子。	**命令**——早《はや》く行《い》け。／快去！
		禁止——そんな事《こと》をしてはいけない。／不可以做那種事！
感動句	表示喜、怒、哀、樂等感情的句子。	**感動**——この花《はな》は綺麗《きれい》だな。／這花好漂亮啊！
		感嘆——いいお天気《てんき》ですね。／多好的天氣啊！

5 句子的種類(二)

日語的句子依其性質分爲以下幾種：

1. 平述句：是用來判斷或敍述一件事物的句子。

①斷定句——

・雨《あめ》が降《ふ》る。／下雨。

②否定句——

・私《わたし》は行《い》かない。／我不去。

③推量句——

・明日《あした》はいい天気《てんき》だろう。／明天會是好天氣吧！

④意志句——

・これから毎朝六時《まいあさろくじ》に起《お》きよう。／從現在起，每天早上六點起床吧！

2. 疑問句：是用來表示疑問或反問的句子。

①表示疑問的疑問句——

(a) **句型**——在句末加か或かしら。

• あれはなんですか。／那是什麼？

(b) **句型**——疑問詞＋か、かしら。

• なぜそこに立《た》っているのですか。／為什麼站在那裡？

(c) **句型**——敍述句＋句尾提高音調

• え、雨《あめ》？

②表示反問的疑問句——

• そんなことがあるものか。／哪有那種事？

3. 命令句：說話者命令對方做某事或做某種活動的句子。

(a) **句型**——動詞、助動詞命令形＋ろ或よ

• 早《はや》く行《い》け！／快去！

(b)**句型**——動詞、助動詞連用形＋なさい或ください。

• 早《はや》く本《ほん》を開《あ》けなさい。／快點打開書本！

4. 感動句：用來表示喜、怒、哀、樂等感情的句子。

①在句首或句尾接上感歎詞。

• この花《はな》は綺麗《きれい》だな。／這花好漂亮啊！

• ああ、寒《さむ》い。／啊，好冷！

②用形容詞或形容動詞詞幹來表示。

• すてき、すてき。／太棒了！太棒了！

6 句子的排列順序

日語和其他語言一樣，文節在句子裡有一定的排列次序，主要的排列順序如下：

①主語在前，述語在後——

・花《はな》が　咲《さ》く。／花開。

主語　述語

・花《はな》が　美《うつく》しい。／花兒美麗。

主語　述語

②修飾語在前，被修飾在後——

・美《うつく》しい　花《はな》が　沢山《たくさん》　咲《さ》いた。／開了很多漂亮的花。

連體修飾語　被修飾語　連用修飾語　被修飾語

③補語、目的語在前，述語在後——

・毎日新聞《まいにちしんぶん》を読《よ》みます。／每天看報紙。

目的語

・水《みず》がお湯《ゆ》になる。／水變成開水。

補語

④獨立語放在句子的最前面——

•おう、佐藤《さとう》君《くん》、どこへ行《い》くのだ。／喂，佐籐君，你要去哪裡？

獨立語

●注意事項：

＊上面的排列順序是一般的情形，實際上也有句子倒置、省略的場合，如：

•綺麗《きれい》な絵《え》ねえ、これは。／漂亮的畫，這幅——句子倒置

•(あなたは)、昨日《きのう》どこへ行《い》きましたか。／（你）昨天去哪了？——省略句

附錄

日語動詞語尾變化表

1類動詞（五段動詞）

日語動詞的分類方式一般分為「1類動詞（五段動詞）」・「2類動詞（上一段動詞・下一段動詞）」・「3類動詞（サ行變格動詞・カ行變格動詞）」3類。而分類的目的是為了方便我們在會話中能流暢得變化及表達出動詞的肯定、否定、現在、過去、禮貌說法、普通說法、命令、意志…等各種不同的動詞形態與含意。

❶ 1類動詞的基本形語尾都是在う（u）段結束。（見左頁下方圖表）

❷ 變化時，用う（u）段所屬的「行」來變化。如：話《はな》す（su），就用さ・し・す・せ・そ的さ行來變化。（見左頁下方圖表）。

❸ 變化時，語幹不變，只變語尾。

▼ 1類動詞（五段動詞）變化方式：

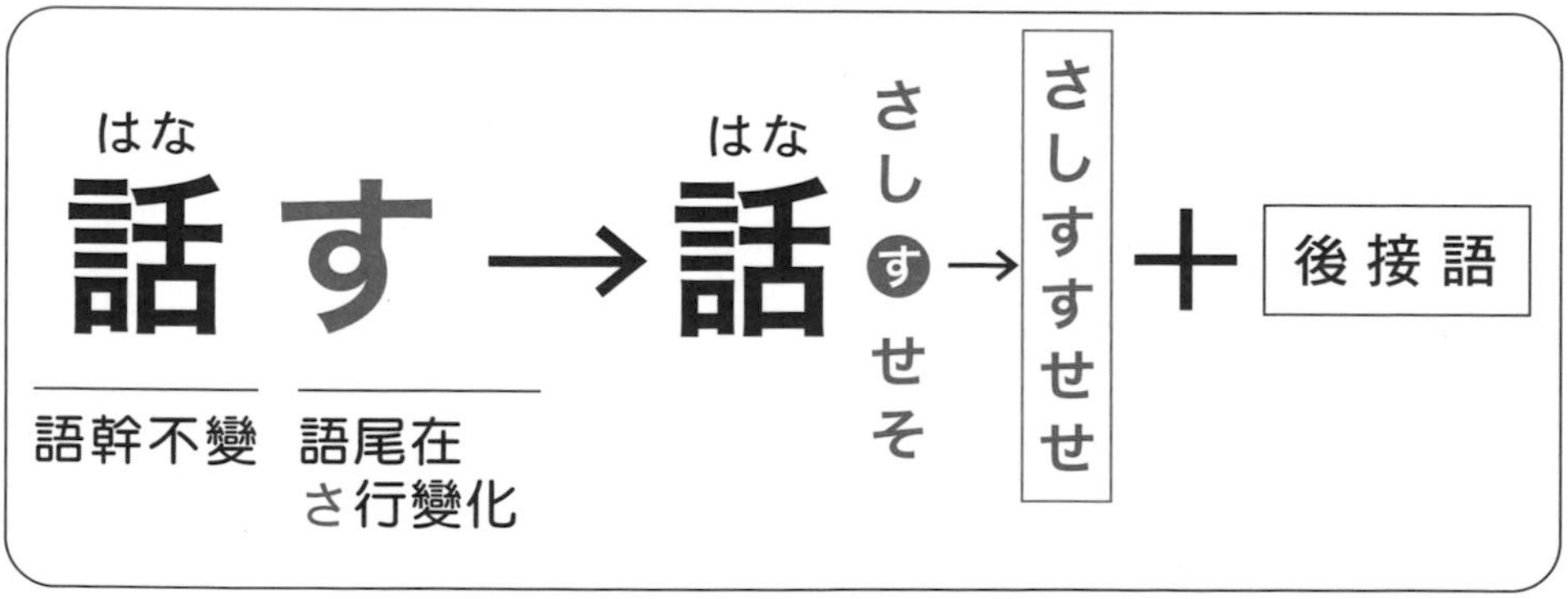

▼ 下列是 1 類動詞（五段動詞），語尾都是在う（u）段結束。

語尾在あ行

会《あ》う(u)（見面）
言《い》う(u)（說）
思《おも》う(u)（認為）

語尾在か行

歩《ある》く(ku)（走路）
行《い》く(ku)（去）
書《か》く(ku)（寫）

語尾在が行

急《いそ》ぐ(gu)（急）
泳《およ》ぐ(gu)（游泳）
脱《ぬ》ぐ(gu)（脫）

語尾在さ行

返《かえ》す(su)（歸還）
探《さが》す(su)（找）
話《はな》す(su)（告訴・說）

語尾在た行

打《う》つ(tsu)（打）
勝《か》つ(tsu)（贏）
待《ま》つ(tsu)（等待）

語尾在な行

死《し》ぬ(nu)（死）

語尾在ば行

遊《あそ》ぶ(bu)（玩耍）
運《はこ》ぶ(bu)（搬運）
呼《よ》ぶ(bu)（邀請）

語尾在ま行

飲《の》む(mu)（喝）
休《やす》む(mu)（休息・休假）
読《よ》む(mu)（唸）

語尾在ら行

帰《かえ》る(ru)（回去）
座《すわ》る(ru)（坐）
取《と》る(ru)（拿）

▼ 五十音圖表與動詞變化位置關係（以「話《はな》す」為例）：

清音　❷

	あ行	か行	さ行	た行	な行	は行	ま行	や行	ら行	わ行	ん行
あ段	あ（わ）wa a	か ka	さ sa	た ta	な na	は ha	ま ma	や ya	ら ra	わ wa	ん n
い段	い i	き ki	し shi	ち chi	に ni	ひ hi	み mi		り ri		
❶ う(u)段	う u	く ku	す su	つ tsu	ぬ nu	ふ fu	む mu	ゆ yu	る ru		
え段	え e	け ke	せ se	て te	ね ne	へ he	め me		れ re		
お段	お o	こ ko	そ so	と to	の no	ほ ho	も mo	よ yo	ろ ro	を wo	

濁音

	が行	ざ行	だ行	ば行
あ段	が ga	ざ za	だ da	ば ba
い段	ぎ gi	じ ji	ぢ ji	び bi
う(u)段	ぐ gu	ず zu	づ zu	ぶ bu
え段	げ ge	ぜ ze	で de	べ be
お段	ご go	ぞ zo	ど do	ぼ bo

❷類動詞（上一段動詞・下一段動詞）

❶ 2類動詞的基本形語尾都是る(ru)，在う段、ら行變化。

❷ 語尾る的前一個字在い(i)段時稱為上一段動詞，在え(e)段時稱為下一段動詞。

❸ 變化時前面的語幹不變，去掉語尾「る」，再加後接語。

❹ 注意有些字和1類（五段）動詞易混淆，特別是ら行る結尾的1類動詞，要特別記住。

帰《かえ》る（1類動詞基本形）
○帰《かえ》ります　×帰《かえ》ます

入《はい》る（1類動詞基本形）
○入《はい》ります　×入《はい》ます

▼ 2類動詞（上一段動詞）變化方式

落《お》ち~~る~~ → 落《お》ち＋ 後接語

語幹不變（落ち）　去掉語尾る

▼ 下列是２類動詞（上一段動詞），る的前一個字在い（i）段。

居(i)る（在）

着《き》(ki)る（穿）
生《い》き(ki)る（活）
起《お》き(ki)る（起床）
でき(ki)る（會）

過《す》ぎ(gi)る（通過・過度）

信《しん》じ(ji)る（相信）
閉《と》じ(ji)る（關）
命《めい》じ(ji)る（命令）

落《お》ち(chi)る（掉落）

煮《に》(ni)る（煮）

浴《あ》び(bi)る（洗澡）
延《の》び(bi)る（延長・伸長）
詫《わ》び(bi)る（道歉）

見(mi)る（看）

降《お》り(ri)る（下車）
借《か》り(ri)る（借入）
足《た》り(ri)る（足夠）

清音

	あ行	か行	さ行	た行	な行	は行	ま行	や行	ら行	わ行	ん行
あ段	あ(わ) wa a	か ka	さ sa	た ta	な na	は ha	ま ma	や ya	ら ra	わ wa	ん n
❷ い段	い i	き ki	し shi	ち chi	に ni	ひ hi	み mi		り ri		
う段	う u	く ku	す su	つ tsu	ぬ nu	ふ fu	む mu	ゆ yu	る ❶ ru		
え段	え e	け ke	せ se	て te	ね ne	へ he	め me		れ re		
お段	お o	こ ko	そ so	と to	の no	ほ ho	も mo	よ yo	ろ ro	を wo	

濁音

が行	ざ行	だ行	ば行
が ga	ざ za	だ da	ば ba
ぎ gi	じ ji	ぢ ji	び bi
ぐ gu	ず zu	づ zu	ぶ bu
げ ge	ぜ ze	で de	べ be
ご go	ぞ zo	ど do	ぼ bo

▼ 2類動詞（下一段動詞）變化方式

食《た》べ~~る~~ → 食《た》べ ＋ 後接語

語幹不變　　去掉語尾る

▼ 下列是２類動詞（下一段動詞），る的前一個字在え（e）段。

覚《おぼ》え(e)る（記得）
数《かぞ》え(e)る（數・算）
考《かんが》え(e)る（考慮）
答《こた》え(e)る（回答）

載《の》せ(se)る（放上・放置）
任《まか》せ(se)る（委託・託付）
見《み》せ(se)る（出示）
痩《や》せ(se)る（瘦）

受《う》け(ke)る（接受）
避《さ》け(ke)る（避開）
続《つづ》け(ke)る（繼續）
分《わ》け(ke)る（分開・分配）

混《ま》ぜ(ze)る（加入・摻入）

捨《す》て(te)る（扔掉）
育《そだ》て(te)る（培育）
建《た》て(te)る（蓋・建）

挙《あ》げ(ge)る（舉起）
投《な》げ(ge)る（投・擲）
逃《に》げ(ge)る（逃跑）

出《で》(de)る（出去）
撫《な》で(de)る（撫摸）
茹《ゆ》で(de)る（水煮）

寝《ね》(ne)る（睡）
重《かさ》ね(ne)る（重疊）
訪《たず》ね(ne)る（拜訪）
真似《まね》(ne)る（模仿）

比《くら》べ(be)る（比較）
調《しら》べ(be)る（調查）
食《た》べ(be)る（吃）

集《あつ》め(me)る（收集）
決《き》め(me)る（決定）
辞《や》め(me)る（辭職）

入《い》れ(re)る（放進去）
遅《おく》れ(re)る（遲到）
別《わか》れ(re)る（分手）
忘《わす》れ(re)る（忘記）

清音

	あ行	か行	さ行	た行	な行	は行	ま行	や行	ら行	わ行	ん行
あ段	あ (わ) wa a	か ka	さ sa	た ta	な na	は ha	ま ma	や ya	ら ra	わ wa	ん n
い段	い i	き ki	し shi	ち chi	ni	ひ hi	み mi		り ri		
う段	う u	く ku	す su	つ tsu	ぬ nu	ふ fu	む mu	ゆ yu	る ❶ ru		
❷ え段	え e	け ke	せ se	て te	ね ne	へ he	め me		れ re		
お段	お o	こ ko	そ so	と to	の no	ほ ho	も mo	よ yo	ろ ro	を wo	

濁音

が行	ざ行	だ行	ば行
が ga	ざ za	だ da	ば ba
ぎ gi	じ ji	ぢ ji	び bi
ぐ gu	ず zu	づ zu	ぶ bu
げ ge	ぜ ze	で de	べ be
ご go	ぞ zo	ど do	ぼ bo

❸類動詞（サ行變格）

する：

❶此動詞在さ行做不規則變化，當作「做」的意思單獨存在時沒有語幹。直接用さ・し・せ・し・する・する・すれ・すれ・しろ・せよ的變化。

❷另一種在する的前面用兩個漢字當作語幹。如：賛成《さんせい》する、結婚《けっこん》する、連絡《れんらく》する…等。可延伸好幾十個至幾百個する的動詞。

▼ 3類動詞（サ行變格動詞）變化方式

○ する → さ、し、せ／し／する／する／すれ／しろ、せよ ＋ 後接語

○：沒有語幹
する：此動詞的基本形

賛成《さんせい》する → 賛成《さんせい》 さ、し、せ／し／する／する／すれ／しろ、せよ ＋ 後接語

賛成：漢字當做語幹
する：此動詞的基本形

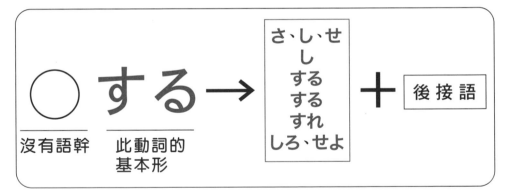

▼ 下列是３類動詞（サ行變格），する做不規則變化。

する（做）

- 我慢《がまん》する（忍耐）
- 結婚《けっこん》する（結婚）
- 賛成《さんせい》する（贊成）
- 心配《しんぱい》する（擔心）
- 勉強《べんきょう》する（唸書）
- 練習《れんしゅう》する（練習）
- 連絡《れんらく》する（聯絡）

はっきりする（弄清楚）

- デートする（約會）
- ノックする（敲門）

清音 ❶

	あ行	か行	さ行	た行	な行	は行	ま行	や行	ら行	わ行	ん行
あ段	あ（わ）wa a	か ka	さ sa	た ta	な na	は ha	ま ma	や ya	ら ra	わ wa	ん n
い段	い i	き ki	し shi	ち chi	に ni	ひ hi	み mi		り ri		
う段	う u	く ku	す su	つ tsu	ぬ nu	ふ fu	む mu	ゆ yu	る ru		
え段	え e	け ke	せ se	て te	ね ne	へ he	め me		れ re		
お段	お o	こ ko	そ so	と to	の no	ほ ho	も mo	よ yo	ろ ro	を wo	

濁音

が行	ざ行	だ行	ば行
が ga	ざ za	だ da	ば ba
ぎ gi	じ ji	ぢ ji	び bi
ぐ gu	ず zu	づ zu	ぶ bu
げ ge	ぜ ze	で de	べ be
ご go	ぞ zo	ど do	ぼ bo

❸類動詞（カ行變格動詞）

くる：

❶這種動詞在日語中只有一個，在カ行做不規則變化，是「來」的意思，沒有語幹，直接用こ·き·くる·くる·くれ·こい的變化。

▼ 3類動詞（カ行變格動詞）變化方式

○ くる → こ / き / くる / くる / くれ / こい ＋ 後接語

○：沒有語幹

くる：此動詞的基本形

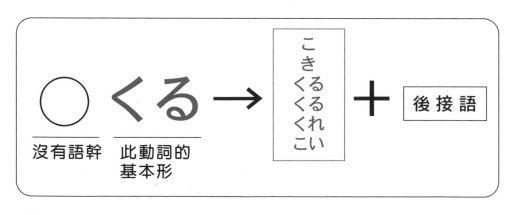

▼ 下列是日語中唯一一個３類動詞（カ行變格），くる做不規則變化。

〔くる（來）

清音 ❶

	あ行	か行	さ行	た行	な行	は行	ま行	や行	ら行	わ行	ん行
あ段	あ(わ) wa a	か ka	さ sa	た ta	な na	は ha	ま ma	や ya	ら ra	わ wa	ん n
い段	い i	き ki	し shi	ち chi	に ni	ひ hi	み mi		り ri		
う段	う u	く ku	す su	つ tsu	ぬ nu	ふ fu	む mu	ゆ yu	る ru		
え段	え e	け ke	せ se	て te	ね ne	へ he	め me		れ re		
お段	お o	こ ko	そ so	と to	の no	ほ ho	も mo	よ yo	ろ ro	を wo	

濁音

が行	ざ行	だ行	ば行
が ga	ざ za	だ da	ば ba
ぎ gi	じ ji	ぢ ji	び bi
ぐ gu	ず zu	づ zu	ぶ bu
げ ge	ぜ ze	で de	べ be
ご go	ぞ zo	ど do	ぼ bo

メモ

メモ

看圖表學日語文法 / 李復文著. -- 初版. --
臺北市：笛藤出版圖書有限公司, 2021.01
面；　公分
大字清晰版
ISBN 978-957-710-808-1(平裝)

1.日語 2.語法

803.16　　　　　　　110000186

2024年2月24日 初版第2刷 定價260元

著　者	李復文
編　輯	洪儀庭
封面設計	王舒玗
總編輯	賴巧凌
編輯企劃	笛藤出版
發行所	八方出版股份有限公司
發行人	林建仲
地　址	台北市中山區長安東路二段171號3樓3室
電　話	(02) 2777-3682
傳　真	(02) 2777-3672
總經銷	聯合發行股份有限公司
地　址	新北市新店區寶橋路235巷6弄6號2樓
電　話	(02)2917-8022 · (02)2917-8042
製版廠	造極彩色印刷製版股份有限公司
地　址	新北市中和區中山路二段380巷7號1樓
電　話	(02)2240-0333 · (02)2248-3904
印刷廠	皇甫彩藝印刷股份有限公司
地　址	新北市中和區中正路988巷10號
電　話	(02)3234-5871
郵撥帳戶	八方出版股份有限公司
郵撥帳號	19809050